Ernest Hemingway

Fifty Grand
and other short stories

Cinquante mille dollars

et autres nouvelles

Traduit de l'américain
par Victor Llona et Ott de Weymer

Traduction révisée,
préfacée et annotée par Yann Yvinec

Gallimard

PRÉFACE

« *Transcrire ce que je vois et ce que je sens de mon mieux et le plus simplement possible* » : ainsi Hemingway envisageait-il son art. Le travail de l'écrivain, déclarait-il encore, consiste à « *dire la vérité* ». Cette affirmation ne l'empêchait pas non plus d'écrire, encourageant un jeune auteur : « *Si tu l'inventes au lieu de la décrire, tu peux la faire parfaite et complète et solide et lui donner vie. Tu la crées, pour le meilleur et pour le pire. C'est composé et non pas écrit. Tous les bons livres se ressemblent en cela qu'ils sont plus vrais que s'ils avaient réellement eu lieu.* »

Cette convergence du réel et de l'imaginaire caractérise la majeure partie des écrits de Hemingway : toute sa vie a été transmuée en œuvres romanesques et ses romans et nouvelles ont rarement d'autres sujets que lui-même et ses expériences vécues. Ce sont donc autant les textes que la vie de l'artiste qu'il convient d'examiner si l'on veut comprendre les aspirations de l'écrivain tout comme sa manière de procéder.

Ernest Hemingway est né en 1899 à Oak Park dans l'Illinois, près de Chicago. Son père médecin lui transmet le goût de la chasse, de la pêche et des activités de plein air et il reçoit en cadeau son premier fusil à l'âge de neuf ans. De sa mère, qui renonce à une carrière de cantatrice, il hérite les qualités artistiques et le caractère dominateur. Très tôt il manifeste son désir d'écrire : ses premiers contes, quelques poèmes et des comptes rendus de rencontres sportives paraissent dans les revues de son lycée. En réaction contre sa famille, autant que par désir de se lancer dans l'écriture, il décide de ne pas poursuivre ses études à l'université pour devenir reporter au Kansas City Star où il entre sur la recommandation d'un oncle.

Pour évoquer quelques-unes de ses aventures de jeunesse, Hemingway crée le personnage de Nick Adams (que l'on trouve dans la nouvelle «Les tueurs» de ce recueil). Avec ce double de lui-même, il réalise une sorte d'autobiographie fictive, sans que l'on sache toujours quels sont les éléments tirés de sa propre vie (comme lui, Nick Adams a un père médecin, par exemple) et ce qui est le produit de son imagination. On recense, au fil des histoires publiées dans diverses revues ou inédites à la mort de l'auteur et réunies ultérieurement[1], tous les thèmes qui ont hanté son œuvre : l'attrait pour la chasse et la pêche, l'expérience de la guerre, la peur, la mort, l'initiation amoureuse, les déconvenues du mariage, l'homme aux prises avec une société injuste ou encore les réflexions sur l'écriture.

Le premier tournant de la vie de Hemingway a sans doute lieu en 1918 lors de la Première Guerre mondiale :

---

1. *Les aventures de Nick Adams*, Gallimard, 1972. Toute l'œuvre de Hemingway a paru en traduction aux éditions Gallimard.

engagé dans la Croix-Rouge italienne, il est blessé aux jambes. Il est atteint suffisamment gravement et voit la mort d'assez près («Je me rappelle qu'après avoir ramassé tous les cadavres entiers, nous commençâmes à recueillir les morceaux épars», témoigne-t-il dans Mort dans l'après-midi*) pour que ce thème devienne fondamental dans son œuvre. Sa blessure révèle au jeune journaliste, certes, qu'il est mortel, mais lui insuffle aussi l'idée qu'il peut survivre aux plus grands dangers. Il se trouve dès lors conforté dans sa résolution de défier sans cesse le destin et de vivre intensément ses aventures de pêche, de chasse et de guerre. Et la vie active semble avoir été pour l'écrivain, au même titre que son œuvre, son salut, ou tout au moins une manière d'exorciser la mort.*

Bien qu'il n'ait pas été soldat, Hemingway est accueilli en héros de guerre à son retour aux États-Unis. Probablement à cette époque commence-t-il à se forger un personnage dans lequel il s'enfermera parfois, et à la hauteur duquel, en tout cas, il voudra rester toute sa vie : l'image d'un homme abattant les animaux sauvages en Afrique, à la pêche au gros au large de Cuba ou aux côtés des stars de cinéma. Mais, curieusement, dans le même temps, l'écrivain ne nie pas une certaine fragilité, qui pourrait remonter à ses blessures d'alors, physiques aussi bien que psychiques (Nick Adams est présenté dans une nouvelle comme rentrant de la guerre «complètement désaxé»).

Quelque dix années plus tard, en 1929, Hemingway tirera L'adieu aux armes *de son expérience du conflit mondial. Accueilli avec succès tant par le public que par la critique, le livre est salué comme un grand roman de guerre et un grand roman d'amour. L'écrivain y met en scène un jeune Américain, Frederick Henry, engagé volontaire dans les ambulances en Italie. Le jeune homme, blessé et horrifié par les absurdités de la guerre, conserve cependant sa volonté de vivre. Il tombe amoureux de l'infirmière qui le soigne (comme l'auteur lui-même lors de sa convalescence), idylle qui se terminera de façon tragique.*

Le second épisode important de la vie de Hemingway est son départ pour l'Europe. Correspondant du Toronto Star *et muni de lettres de recommandation de l'écrivain Sherwood Anderson, il s'installe à Paris avec sa femme, Hadley Richardson, en 1921. Il y rencontre Gertrude Stein, amie de Picasso, Braque, James Joyce — et à l'avant-garde de toutes les recherches artistiques —, le poète Ezra Pound, Francis Scott Fitzgerald — le futur auteur de* Gatsby le Magnifique —, *des peintres et d'autres Américains émigrés comme lui. Il découvre l'Espagne et la corrida, suit la guerre gréco-turque et se lance véritablement dans l'écriture. C'est l'époque de la parution de ses premiers recueils de nouvelles,* De nos jours *(1925),* Hommes sans femmes *(1927) d'où sont tirées les trois nouvelles de cette édition bilingue, et de son premier roman,* Le soleil se lève aussi *(1926).*

Si l'on excepte la publication antérieure de poèmes et de quelques histoires, De nos jours *est la première édition commerciale d'un de ses textes. L'ouvrage est bien accueilli. D.H. Lawrence y voit non pas un livre de nouvelles mais «une suite de croquis brefs, aigus, vifs, de la vie d'un homme, qui composent un roman fragmentaire». Le* New York Times *salue «son langage fibreux et athlétique, familier et insolent, franc et limpide». Et d'après Mary Plum, du* Chicago Post, *les histoires sortent de l'ordinaire, sont brutales, incisives,*

« *les personnages existent ; ils sont des créations aussi vraies et humaines que celles d'un roman* ». *Il semble d'ailleurs absurde de parler de personnages de fiction à propos de ce livre, ajoute-t-elle, car* « *ils appartiennent trop visiblement à la réalité* ».

Le soleil se lève aussi *assoit la réputation littéraire de Hemingway. Le livre est salué comme une excellente chronique de ses années d'exil. L'écrivain avait pensé un temps l'intituler* « *La génération perdue* » — *l'expression est de Gertrude Stein ; elle désigne tous les jeunes hommes que la guerre avait laissés désemparés et empêchait de retrouver des conditions de vie normales. Faulkner et Dos Passos en furent d'autres porte-parole. L'auteur y conte l'histoire d'un groupe d'Américains désœuvrés, habitant Paris et venus à Pampelune assister à la fête de la San Firmin. L'héroïne, Brett Ashley, s'éprend d'un jeune torero du nom de Pedro Romero. Il se noue une histoire d'amour sur fond de corrida.*

C'est principalement dans Mort dans l'après-midi, *une œuvre non romanesque qui paraît en 1932, que Hemingway s'explique longuement sur l'attrait qu'exercent sur lui les courses de taureaux dès les années vingt. Il y évoque aussi son intérêt obsessionnel pour la mort :* « *Le seul endroit où l'on pût voir la vie et la mort, j'entends la mort violente, maintenant que les guerres étaient finies, c'était dans les arènes à taureaux, et je désirais beaucoup aller en Espagne, où je pourrais les observer. Je m'essayais au métier d'écrivain, en commençant par les choses les plus simples, et l'une des choses les plus simples de toutes et des plus fondamentales est la mort violente. Elle n'a ni les complications de la mort par maladie, ni de la mort dite naturelle, ni de la mort d'un ami ou de quelqu'un qu'on a aimé ou haï, mais c'est la mort tout de même, un des sujets sur lesquels un homme peut se permettre d'écrire. »*

Ces premières œuvres sont révélatrices du style que, très tôt, Hemingway se forge. Présenter les choses « dans leur vérité », telle est donc sa préoccupation, nous l'avons vu. Pour ce faire, Hemingway, à la fois témoin et créateur, commence par appliquer quelques-uns des cent dix préceptes qui présidaient à l'élaboration du style du Kansas City Star où il fit ses premières armes de reporter : « Faites des phrases courtes. Faites des phrases simples. Employez un anglais vigoureux. Soyez affirmatif et non pas négatif. » Ce furent, selon lui, les meilleures leçons qu'il ait jamais reçues en matière d'écriture. C'est également sur le conseil du poète Ezra Pound que Hemingway s'engage sur la voie de la concision, de la recherche du mot juste, du choix des détails les plus pertinents et de leur hiérarchisation pour donner l'impression de vérité.

Hemingway n'a pas écrit de livre sur l'écriture. Mais il a donné un éclairage intéressant sur les méthodes qu'il met au point lors de ses années en Europe dans Paris est une fête, un ouvrage posthume où il revient à nouveau sur son séjour en France. Laissons-lui donc la parole : « Je travaillais toujours jusqu'au moment où j'avais entièrement achevé un passage et m'arrêtais quand j'avais trouvé la suite. Ainsi j'étais sûr de pouvoir poursuivre le lendemain. Mais parfois, quand je commençais un récit et ne pouvais le mettre en train, je m'asseyais devant le feu [...] et pensais : "Ne t'en fais pas. Tu as toujours écrit jusqu'à présent, et tu continueras. Ce qu'il faut, c'est écrire une seule phrase vraie. Écris la phrase la plus vraie que tu connaisses." Ainsi, *finalement, j'écrivais une phrase vraie et continuais à partir de là. [...] Là-haut, dans ma chambre, je décidai que j'écrirais une histoire sur chacun des sujets que je connaissais. Je tâchai de m'en tenir là pendant tout le temps que je passais à écrire et c'était une discipline sévère et utile. »*

Hemingway explique également dans Mort dans l'après-midi *que l'écrivain ne doit pas travailler sur le vif, contrairement au journaliste. Il faut continuer d'apprendre avant de se lancer dans l'écriture, même si* « à aucun moment on ne se sent en mesure de dire : maintenant, je sais tout ce qu'il faut savoir sur mon sujet, écrivons donc ». *Dans le même livre, il révèle l'un des fondements de sa méthode :* « Si un prosateur connaît assez bien ce dont il écrit, il pourra omettre des choses qu'il connaît ; et le lecteur, si l'écrivain écrit avec assez de vérité, aura de ces choses un sentiment aussi fort que si l'écrivain les avait exprimées. La majesté du mouvement d'un iceberg est due à ce que seulement un huitième de sa hauteur sort de l'eau. » *Ainsi donc, reprend-il dans* Paris est une fête, « *on peut omettre n'importe quelle partie de l'histoire, à condition que ce fût délibéré, car l'omission donne plus de force au récit et ainsi le lecteur ressent encore plus qu'il ne comprend* ».

C'est certainement dans le domaine des pensées de ses personnages ou de l'analyse de leurs sentiments que Hemingway fait volontairement le plus d'omissions. Le lecteur découvre les états d'âme de ses héros, leurs émotions à travers leurs gestes et leurs agissements. Leur créateur nous les décrit sans détails superflus ; il livre leurs paroles dans des dialogues incisifs, directs, présentés sans fioritures, parfois même sans indications du personnage qui parle.

Très rapidement donc, la réputation d'écrivain de Hemingway, à peine trentenaire, est établie. Sa popularité croît encore avec l'adaptation à l'écran de ses écrits : en 1933 sort L'adieu aux armes, *avec Gary Cooper dans le rôle principal. Ses séjours à Cuba, des voyages en Europe, en Afrique, des parties de chasse ou de pêche, des drames familiaux (des accidents, le suicide de son père) lui fournissent la matière de nouvelles histoires ou de reportages et le consacrent comme un sportif accompli. Il publie ainsi* Les vertes collines d'Afrique *en 1935, évocation d'un périple en Afrique, dans laquelle figurent de nombreuses observations sur la littérature et des jugements sur quelques-uns de ses collègues écrivains, ainsi que de nouvelles réflexions sur la question de la mort. En 1936 paraît «Les neiges du Kilimandjaro», célèbre nouvelle transposée par la suite au cinéma avec Ava Gardner et Gregory Peck.*

Hemingway s'éloigne peu à peu du milieu littéraire dans lequel il avait baigné au cours des années vingt. Et certains critiques, dès 1932, expriment leur malaise de voir l'auteur glorifier sa propre personne ou s'intéresser à des personnages qu'ils jugent d'un intérêt limité.

Hemingway connaît à nouveau le succès en 1940, l'année de son troisième mariage, avec la parution de Pour qui sonne le glas. *Le livre atteint le million d'exemplaires en 1941 et Hemingway cède les droits d'adaptation cinématographique (Ingrid Bergman jouera le premier rôle) pour plus de 100 000 dollars, une somme record à l'époque. L'action du livre se déroule en 1937 pendant la guerre d'Espagne, que Hemingway avait couverte comme reporter pour une agence de presse amé-*

ricaine. L'intrigue est résolument simple. Robert Jordan, jeune Américain aux côtés des républicains espagnols, est chargé de faire sauter un pont utilisé par les franquistes. Au cours de la préparation de cette mission délicate, il s'éprend d'une jeune partisane. Une nouvelle fois, au-delà du soutien politique qu'il affirme clairement et de l'histoire d'amour entre Robert et la jeune Maria, ce sont les réflexions sur le courage individuel, sur la solidarité, le devoir, sur la guerre qui dominent le livre.

*Hemingway suit l'armée américaine comme correspondant de guerre lors du débarquement et de la Libération en 1944-1945. Il est même l'un des premiers à entrer dans Paris avec la division du général Leclerc. En 1946, il revient à Cuba. Il éprouve des difficultés à écrire, entreprend des livres qu'il ne termine pas. Il sera resté finalement dix ans sans publier de roman, jusqu'à la parution en 1950 d'*Au-delà du fleuve et sous les arbres. *L'ouvrage est très mal accueilli et Hemingway ne peut manquer de s'interroger sur le déclin possible de sa puissance créatrice. Sa réaction est magistrale avec la parution en 1952 du* Vieil homme et la mer. *Avant que Scribner's ne publie le livre, le texte paraît sous la forme d'un feuilleton dans* Life : *5 300 000 exemplaires du magazine sont vendus en deux jours. Le livre reste six mois sur les listes des meilleures ventes. La cession ultérieure des droits cinématographiques rapporte de nouveau à l'auteur des sommes très importantes (Spencer Tracy incarnera le vieil homme). Le succès se prolonge avec l'attribution du prix Pullitzer en 1953 et du prix Nobel de littérature en 1954.*

Hemingway explique en envoyant son manuscrit chez Scribner's : «*Le publier maintenant nous débarrassera*

*de cette école de critiques qui prétend que je suis inca-
pable d'écrire sur rien d'autre que moi-même et mes
propres expériences. » L'écrivain pensait tout d'abord
faire de cette histoire l'épilogue d'un grand livre en trois
parties qu'il préparait sur la mer, mais on pourrait
aussi l'utiliser,* suggérait-il, *« comme épilogue de tous
mes écrits et de ce que j'ai appris ou essayé d'apprendre
pendant que j'écrivais et essayais de vivre ». Le vieux
pêcheur cubain en qui plus personne ne croit — sauf un
jeune garçon, bien que ses parents l'aient obligé à embar-
quer sur un autre bateau — et qui pêche finalement un
marlin gigantesque mais ne peut empêcher les requins de
le dévorer, sert à présent de métaphore personnelle plus
dramatique. Hemingway exalte dans ce court roman
une nouvelle fois cette grande et précieuse vertu qu'est le
courage. Un homme ne doit jamais s'avouer vaincu, dit-
il, « un homme, ça peut être détruit, mais pas vaincu ».*

*Par la suite, la santé de l'écrivain se dégrade, consé-
quence d'excès de toute sorte. Il est victime de nouvelles
blessures en Afrique au cours de deux accidents d'avion
où il est d'abord donné pour mort. En 1956, il a l'idée
d'écrire* Paris est une fête *qu'il n'achèvera pas et en
1959 il publie* L'été dangereux *qui évoque les courses
de taureaux. En 1961, en proie à de graves ennuis de
santé, il se suicide d'un coup de fusil. À la demande
de ses fils et de sa quatrième femme, Martha Gellhorn,
un prêtre lit sur sa tombe un vers de l'Ecclésiaste qu'il
avait toujours admiré : « Une génération passe, une
génération vient et la Terre subsiste toujours. »*

Les trois nouvelles présentées dans ce livre sont extraites de Men Without Women (Hommes sans femmes), *recueil dans lequel Hemingway réunit en 1927 quelques-uns de ses écrits, dont certains ont déjà été publiés dans des revues. Dans une lettre à son éditeur en date du 14 février 1927, il s'explique sur ce titre : « Quant au recueil d'histoires pour l'automne [...] je voudrais l'intituler :* Hommes sans femmes. *Dans toutes ces histoires, ou presque, l'influence féminine adoucissante, que ce soit par l'éducation, la discipline, la mort ou toute autre cause, est absente. »*

« Fifty Grand » (« Cinquante mille dollars ») *est une nouvelle écrite en 1924. Elle paraît d'abord en juillet 1927 dans l'*Atlantic Monthly, *célèbre revue américaine fondée à Boston en 1857. Elle ne contient pas d'éléments autobiographiques mais relate un combat de boxe dont Hemingway avait lu le compte rendu. Il semble que l'écrivain ait inventé le détail du match truqué sur lequel repose en partie l'intrigue. En revanche, il a tout juste modifié le nom des combattants qui s'affrontèrent au Madison Square Garden de New York : Jack Britton est devenu Jack Brennan dans son récit, et Mickey Walker est nommé Walcott. Le second thème de la nouvelle est l'attitude de Jack Brennan, champion vieillissant, à la fois héroïque et calculateur.*

C'est un autre champion dont l'heure de gloire est passée, le torero Manuel Garcia, que Hemingway nous présente dans « The Undefeated » *(« L'invincible »). Le récit, écrit en 1924, est publié tout d'abord dans une revue d'avant-garde allemande,* Der Querschnitt, *au cours de l'été 1925. C'est l'un des premiers textes de l'auteur sur les corridas. Hemingway s'est tout d'abord rendu en Espagne en 1923. Il y retournera dès 1924.*

Dans Mort dans l'après-midi *il se souvient d'avoir tout d'abord dit à Gertrude Stein qu'il n'aimerait pas assister à des courses de taureaux. «La première fois que je suis allé à une course de taureaux, relate-t-il, je m'attendais à être horrifié et peut-être à me trouver mal, à cause de ce qu'on m'avait raconté sur le sort des chevaux.» On l'a dit, l'écrivain trouvera finalement dans l'arène un lieu où observer la vie, la mort, la peur et le courage, et dans la tauromachie une sorte de substitution aux champs de bataille. Il précise ainsi, toujours dans son grand livre sur la corrida : «Aujourd'hui, l'essence de la plus grande séduction émotive de la course de taureaux est le sentiment d'immortalité que le torero éprouve au milieu d'une faena, et qu'il donne au spectateur. Il accomplit une œuvre d'art, et il joue avec la mort [...]. Il donne le sentiment de son immortalité, et, quand vous le regardez, ce sentiment devient vôtre.» C'est aussi la maîtrise de la peur qui fascine l'auteur : «Tout le monde a peur, mais un torero sait maîtriser sa peur. [...] S'il n'y avait pas la peur, tous les cireurs de bottes en Espagne seraient toreros», lit-on dans la nouvelle «The Capital of the World».*

Manuel, le personnage principal de «L'invincible», à la fois courageux et pathétique, trop âgé mais toujours digne, annonce Santiago, le vieux pêcheur du Vieil homme et la mer. *Dans des contextes différents, ces deux protagonistes font preuve d'un sentiment commun de fierté invulnérable que l'échec ne saurait gommer.*

«The Killers» («Les tueurs») est une des nouvelles les plus connues de l'auteur. Elle fut écrite à Madrid en 1926 et publiée pour la première fois dans le Scribner's Magazine *en mars 1927. Une adaptation cinémato-*

graphique sera tournée en 1945 avec Ava Gardner et Burt Lancaster.

On trouve dans ce récit le personnage de Nick Adams, bien que le texte ne contienne pas vraiment d'éléments autobiographiques. C'est une histoire de gangsters assez typique de la période américaine de la prohibition. Mais le texte prend une tournure inhabituelle puisque les tueurs ne mènent pas à bien leur mission. Nick Adams, observateur d'abord passif de la scène, est finalement le seul à protester et à agir. Hemingway a expliqué le contexte de l'histoire qu'il a volontairement supprimé dans la nouvelle, selon la technique d'écriture qu'il avait déjà mise au point («J'ai supprimé le plus de détails que j'ai pu. J'ai exclu la ville de Chicago tout entière») : Ole Andreson, l'homme traqué, est un boxeur qui était convenu de perdre un combat. Sur un coup involontaire, il a mis au tapis son adversaire (on ne peut s'empêcher de faire le parallèle avec «Cinquante mille dollars»). Des tueurs sont donc à ses trousses pour lui régler son compte.

Si certains observateurs reprochaient à Hemingway le choix de ses personnages («Entre ses mains, les thèmes de la littérature se réduisent aux petites catastrophes sordides qui se produisent dans la vie de gens très ordinaires»), Men Without Women a été bien accueilli. Dorothy Parker y a vu des histoires «tristes et terribles». Elle considérait même «Les tueurs» comme une des quatre grandes nouvelles américaines. Et si Virginia Woolf émit quelques réserves sur l'abondance des dialogues, c'est peut-être Ford Madox Ford qui décela le mieux les qualités des textes de cette époque et l'influence de leur auteur sur ses pairs : «Hemingway a la stature du génie parce qu'il a un sens infaillible du choix. Il écarte les *détails avec une magnifique générosité ; il tient ses mots sur le plus court chemin. Son influence, chaque lecteur le sait, est une influence dangereuse. Les choses simples qu'il fait ont l'air si faciles à faire. Mais voyez ce que font les jeunes gens qui s'y essaient. »*

Yann Yvinec

Fifty Grand

Cinquante mille dollars[1]

1. *Grand* : 1 000 dollars.

"How are you going yourself, Jack?" I asked him.

"You seen this Walcott?" he says.

"Just in the gym."

"Well," Jack says, "I'm going to need a lot of luck with that boy."

"He can't hit you, Jack," Soldier said.

"I wish to hell he couldn't."

"He couldn't hit you with a handful of bird-shot."

"Bird-shot'd be all right," Jack says. "I wouldn't mind bird-shot any."

"He looks easy to hit," I said.

"Sure," Jack says, "he ain't going to last long. He ain't going to last like you and me, Jerry. But right now he's got everything."

"You'll left-hand him to death."

"Maybe," Jack says. "Sure. I got a chance to."

« Et toi, Jack, ça va ? lui demandai-je.

— Tu l'as vu, le Walcott ? dit-il.

— Oui. J'arrive de la salle.

— Eh ben, dit Jack, je crois qu'il va m'en falloir de la veine avec ce gars-là.

— Il ne te touchera même pas, Jack, intervint Soldier.

— Bon Dieu, si ça pouvait être vrai.

— Avec une poignée de petit plomb, il ne te toucherait pas.

— S'il ne s'agissait que de petit plomb ! dit Jack. Je me foutrais bien du petit plomb.

— Mais lui n'a pas l'air difficile à toucher, dis-je.

— Oh ! non, dit Jack. Il ne tiendra pas long-temps. Il ne tiendra pas comme toi ou comme moi, Jerry. Mais pour le moment il a tout ce qu'il faut.

— Tu vas le descendre avec ton gauche.

— Je tâcherai, dit Jack. Évidemment, j'ai ma chance…

"Handle him like you handled Kid Lewis."

"Kid Lewis," Jack said. "That kike!"

The three of us, Jack Brennan, Soldier Bartlett, and I were in Hanley's. There were a couple of broads sitting at the next table to us. They had been drinking.

"What do you mean, kike?" one of the broads says. "What do you mean, kike, you big Irish bum?"

"Sure," Jack says. "That's it."

"Kikes," this broad goes on. "They're always talking about kikes, these big Irishmen. What do you mean, kikes?"

"Come on. Let's get out of here."

"Kikes," this broad goes on. "Whoever saw you ever buy a drink? Your wife sews your pockets up every morning. These Irishmen and their kikes! Ted Lewis could lick you too."

"Sure," Jack says. "And you give away a lot of things free too, don't you?"

We went out. That was Jack. He could say what he wanted to when he wanted to say it.

Jack started training out at Danny Hogan's health-farm over in Jersey. It was nice out there but Jack didn't like it much. He didn't like being away from his wife and the kids, and he was sore and grouchy most of the time.

— Mène-le comme t'as mené Kid Lewis[1].

— Kid Lewis, dit Jack. Ce youpin ! »

Tous les trois, Jack Brennan, Soldier Bartlett et moi, nous étions chez Hanley's. Deux ou trois poules étaient assises à la table à côté de la nôtre et elles avaient l'air d'avoir siroté.

« Youpin ! qu'est-ce que tu baves, dit l'une d'elles. Youpin ! qu'est-ce que tu baves, espèce de sale Irlandais ?

— Oui, dit Jack, t'as raison.

— Youpins ! reprend la poule. Ils sont toujours à parler de youpins, ces espèces d'Irlandais-là. Qu'est-ce que tu baves avec ton "youpin" ?

— En route, dit Jack. Allons-nous-en d'ici.

— Youpins ! continue l'autre. Qui est-ce qui t'a vu payer une tournée ? Ta femme te coud les poches tous les matins. Ces Irlandais et leurs youpins ! Ted Lewis aurait pu te flanquer une pile lui aussi, va.

— Mais oui, dit Jack. Et toi tu donnes tout à l'œil, hein ? »

Et on sortit. C'est comme ça que Jack était. Il disait ce qu'il voulait quand il voulait.

Jack commença à s'entraîner au camp de Danny Hogan, une ferme perdue dans le Jersey[2]. On n'était pas mal là-bas, mais Jack ne s'y amusait guère. Ça l'ennuyait d'être séparé de sa femme et de ses gosses et la moitié du temps il était de mauvaise humeur et grognait.

---

1. Kid Lewis : champion du monde dans la catégorie des mi-moyens de 1915 à 1919.
2. Jersey : État du New Jersey, proche de New York.

He liked me and we got along fine together; and he liked Hogan, but after a while Soldier Bartlett commenced to get on his nerves. A kidder gets to be an awful thing around a camp if his stuff goes sort of sour. Soldier was always kidding Jack, just sort of kidding him all the time. It wasn't very funny and it wasn't very good, and it began to get to Jack. It was sort of stuff like this. Jack would finish up with the weights and the bag and pull on the gloves.

"You want to work?" he'd say to Soldier.

"Sure. How you want me to work?" Soldier would ask. "Want me to treat you rough like Walcott? Want me to knock you down a few times?"

"That's it," Jack would say. He didn't like it any, though.

One morning we were all out on the road. We'd been out quite a way and now we were coming back. We'd go along fast for three minutes and then walk a minute, and then go fast for three minutes again. Jack wasn't ever what you would call a sprinter. He'd move around fast enough in the ring if he had to, but he wasn't any too fast on the road. All the time we were walking Soldier was kidding him. We came up the hill to the farmhouse.

Je ne lui déplaisais pas et on s'entendait bien, nous deux. Hogan non plus ne lui déplaisait pas. Mais après quelque temps Soldier Bartlett commença de lui porter sur les nerfs. Les taquins finissent par devenir insupportables dans un camp si leurs boniments tournent à la moutarde. Soldier était toujours après Jack et l'embêtait du matin au soir. Ça n'était ni très drôle ni très fort et ça finissait par agacer Jack. Voilà quel genre de blague c'était. Si Jack s'arrêtait par exemple de faire des haltères et du sac pour mettre les gants et demandait à Soldier :

« Tu veux y faire ?

— Bien sûr que oui, répliquait l'autre. Et comment veux-tu que j'y fasse ? Que je cogne dur comme Walcott ? Que je t'envoie sur le carreau pour voir ? »

Jack répondait alors : « Tout juste. » Mais ça ne lui plaisait qu'à moitié.

Un matin qu'on était dehors sur la route, après s'être assez éloignés on prit le chemin du retour. Pendant trois minutes on courait, puis pendant une minute on marchait, et puis on se remettait à courir pendant trois minutes. Jack n'a jamais été ce qu'on appelle un sprinter. Entre les cordes, il est assez leste quand il le faut, mais sur la route il n'y a rien de trop. Aussi, chaque fois qu'on reprenait le pas, Soldier se moquait de lui. Quand on arriva en haut de la colline, Jack s'arrêta devant la ferme et lui dit :

"Well," says Jack, "you better go back to town, Soldier."

"What do you mean?"

"You better go to town and stay there."

"What's the matter?"

"I'm sick of hearing you talk."

"Yes?" says Soldier.

"Yes," says Jack.

"You'll be a damn sight sicker when Walcott gets through with you."

"Sure," says Jack, "maybe I will. But I know I'm sick of you."

So Soldier went off on the train to town that same morning. I went down with him to the train. He was good and sore.

"I was just kidding him," he said. We were waiting on the platform. "He can't pull that stuff with me, Jerry."

"He's nervous and crabby," I said. "He's a good fellow, Soldier."

"The hell he is. The hell he's ever been a good fellow."

"Well," I said, "so long, Soldier."

The train had come in. He climbed up with his bag.

"So long, Jerry," he says. "You be in town before the fight?"

"I don't think so."

"See you then."

«Je crois que tu ferais mieux de retourner à New York[1], Soldier, dit Jack.

— Qu'est-ce que tu veux dire?

— Que tu ferais mieux de retourner à New York et d'y rester.

— Qu'est-ce qui te prend?

— J'en ai soupé de tes boniments.

— Oui? fit Soldier.

— Oui, fit Jack.

— T'en auras encore bien plus marre quand tu sortiras des pattes de Walcott.

— Possible, dit Jack. C'est possible. Mais pour l'instant, c'est de toi que j'en ai marre.»

Et le même matin, Soldier reprit le train pour New York. J'allai l'accompagner à la gare. Il l'avait plutôt amère.

«C'était juste histoire de blaguer, me répétait-il alors qu'on attendait sur le quai. Il n'aurait pas dû me traiter comme ça, Jerry.

— Il est énervé et ça le met en rogne, dis-je. Autrement c'est un bon type, Soldier.

— Mon œil. Mon œil que c'est un bon type.

— Enfin, dis-je, au revoir, Soldier.»

Le train venait d'arriver. Il escalada le marchepied, sa valise à la main.

«Salut, Jerry, dit-il. Viendras-tu à New York avant le match?

— Je ne crois pas.

— Alors on se verra à ce moment-là.»

---

1. *Town* désigne ici New York. *You are back in town!* disent les New-Yorkais.

He went in and the conductor swung up and the train went out. I rode back to the farm in the cart. Jack was on the porch writing a letter to his wife. The mail had come and I got the papers and went over on the other side of the porch and sat down to read. Hogan came out the door and walked over to me.

"Did he have a jam with Soldier?"

"Not a jam," I said. "He just told him to go back to town."

"I could see it coming," Hogan said. "He never liked Soldier much."

"No. He don't like many people."

"He's a pretty cold one," Hogan said.

"Well, he's always been fine to me."

"Me too," Hogan said. "I got no kick on him. He's a cold one, though."

Hogan went in through the screen door and I sat there on the porch and read the papers. It was just starting to get fall weather and it's nice country there in Jersey, up in the hills, and after I read the paper through I sat there and looked out at the country and the road down below against the woods with cars going along it, lifting the dust up. It was fine weather and pretty nice-looking country. Hogan came to the door and I said, "Say, Hogan, haven't you got anything to shoot out here?"

"No," Hogan said. "Only sparrows."

Il rentra dans le wagon. Le chef de train fit un geste du bras et le convoi s'ébranla et disparut. Je revins à la ferme dans la carriole et trouvai Jack sous le porche en train d'écrire une lettre à sa femme. Le courrier étant arrivé, je pris les journaux et allai m'asseoir pour lire de l'autre côté du porche. Hogan ouvrit la porte et s'approcha de moi.

« Il s'est engueulé avec Soldier ?

— Pas engueulé, je dis. Il lui a simplement dit de retourner à New York.

— Je voyais venir ça, dit Hogan. Il n'a jamais beaucoup aimé Soldier.

— Non. Il n'aime pas grand monde.

— C'est un type plutôt froid, fit Hogan.

— Peut-être. Avec moi, il a toujours été chic.

— Avec moi aussi, dit Hogan. Je n'ai rien à dire. Mais c'est un type froid, y a pas. »

Il sortit par la porte grillagée, et moi je restai sous le porche à lire mes journaux. L'automne venait juste de commencer, et dans le New Jersey la campagne est jolie sur les collines. Mon journal fini, je restai assis à regarder la campagne, avec la route tout en bas qui court le long des bois et les autos qui passent dessus en soulevant la poussière. C'était une belle journée et on avait plaisir à regarder devant soi. Hogan étant revenu sur le pas de la porte, je lui demandai : « Dis donc, Hogan, est-ce qu'il y a du gibier[1] par ici ?

— Non, répondit-il. Des moineaux, c'est tout.

_____

1. *To shoot* : tirer, chasser.

"Seen the paper?" I said to Hogan.

"What's in it?"

"Sande booted three of them in yesterday."

"I got that on the telephone last night."

"You follow them pretty close, Hogan?" I asked.

"Oh, I keep in touch with them," Hogan said.

"How about Jack?" I said. "Does he still play them?"

"Him?" said Hogan. "Can you see him doing it?"

Just then Jack came around the corner with the letter in his hand. He's wearing a sweater and an old pair of pants and boxing shoes.

"Got a stamp, Hogan?" he asks.

"Give me the letter," Hogan said. "I'll mail it for you."

"Say Jack," I said, "didn't you used to play the ponies?"

"Sure."

"I knew you did. I knew I used to see you at Sheepshead."

"What did you lay off them for?" Hogan asked.

"Lost money."

Jack sat down on the porch by me. He leaned back against a post. He shut his eyes in the sun.

"Want a chair?" Hogan asked.

"No," said Jack. "This is fine."

"It's a nice day," I said. "It's pretty nice out in the country."

"I'd a damn sight rather be in town with the wife."

"Well, you only got another week."

— T'as lu les journaux? repris-je.

— Qu'est-ce qu'il y a de neuf?

— Sande a monté trois gagnants, hier.

— Je l'ai su hier soir par téléphone.

— Tu suis ça de près, hein? demandai-je.

— Oh! je me tiens au courant, répondit Hogan.

— Et Jack? dis-je. Il y joue toujours?

— Lui? fit Hogan. Tu le vois en train de jouer!»

Sur ces mots, Jack apparut au coin de la maison, sa lettre à la main. Il était vêtu d'un chandail, d'un vieux pantalon et il avait aux pieds de vieux chaussons de boxe.

«As-tu un timbre, Hogan? demande-t-il.

— Donne ta lettre, dit Hogan. Je la mettrai à la boîte.

— Dis donc, Jack, fis-je. Tu ne jouais pas aux courses dans le temps?

— Tu parles.

— Il me semblait bien. Il me semblait bien qu'on se rencontrait à Sheepshead.

— Pourquoi que t'as lâché? demanda Hogan.

— J'ai perdu de la galette.»

Il s'assit par terre à côté de moi sous le porche. Il s'appuya contre une colonne du porche, en plein soleil, et ferma les yeux.

«Une chaise? proposa Hogan.

— Non, dit Jack. Ça va comme ça.

— Quelle chic journée! dis-je. On est rudement bien à la campagne.

— J'aimerais pourtant mieux être à New York avec ma femme.

— Bah! plus qu'une semaine à passer.

33

"Yes," Jack says. "That's so."

We sat there on the porch. Hogan was inside at the office.

"What do you think about the shape I'm in?" Jack asked me.

"Well, you can't tell," I said. "You got a week to get around into form."

"Don't stall me."

"Well," I said, "you're not right."

"I'm not sleeping," Jack said.

"You'll be all right in a couple of days."

"No," says Jack, "I got the insomnia."

"What's on your mind?"

"I miss the wife."

"Have her come out."

"No. I'm too old for that."

"We'll take a long walk before you turn in and get you good and tired."

"Tired!" Jack says. "I'm tired all the time."

He was that way all week. He wouldn't sleep at night and he'd get up in the morning feeling that way, you know, when you can't shut your hands.

"He's stale as poorhouse cake," Hogan said. "He's nothing."

"I never seen Walcoot," I said.

"He'll kill him," said Hogan. "He'll tear him in two."

— Oui, dit Jack. C'est vrai. »

Nous restâmes là, assis sous le porche. Hogan était retourné au bureau.

« Qu'est-ce que tu penses de ma forme ? me demanda Jack.

— Ben… on ne peut rien dire, fis-je. Tu as encore une semaine pour te mettre en forme.

— Me bourre pas le crâne.

— Ben…, dis-je, tu n'es pas tout à fait au point, voilà.

— Je ne dors pas, dit Jack.

— Tu seras au point dans un jour ou deux.

— Non, dit Jack. C'est de l'insomnie.

— Qu'est-ce qui te tracasse ?

— Ma femme me manque.

— Fais-la venir ici.

— Tu rigoles. Un vieux singe comme moi !

— Si on faisait une bonne balade avant de se coucher pour t'éreinter comme il faut ?

— M'éreinter ? dit Jack. Je le suis tout le temps, éreinté. »

Toute la semaine, il fut de cette humeur-là. Il ne dormait pas la nuit et il se levait le matin en se sentant comme ça, vous savez, si crispé qu'on ne peut pas même refermer ses mains.

« Il est mou comme une chique[1], dit Hogan. Il est à plat.

— Je n'ai jamais vu combattre Walcott, dis-je.

— Walcott le tuera, dit Hogan. Il le mettra en marmelade[2].

1. *Stale* : rassis.
2. *Tear in two* : casser en deux.

"Well," I said, "everybody's got to get it sometime."

"Not like this, though," Hogan said. "They'll think he never trained. It gives the farm a black eye."

"You hear what the reporters said about him?"

"Didn't I! They said he was awful. They said they oughtn't to let him fight."

"Well," I said, "they're always wrong, ain't they?"

"Yes," said Hogan. "But this time they're right."

"What the hell do they know about whether a man's right or not?"

"Well," said Hogan, "they're not such fools."

"All they did was pick Willard at Toledo. This Lardner he's so wise now, ask him about when he picked Willard at Toledo."

"Aw, he wasn't out," Hogan said. "He only writes the big fights."

"I don't care who they are," I said. "What the hell do they know? They can write maybe, but what the hell do they know?"

"You don't think Jack's in any shape, do you?" Hogan asked.

"No. He's through. All he needs is to have Corbett pick him to win for it to be all over."

---

1. Jess Willard : boxeur américain qui connut son heure de gloire au cours des années 1910-1920.
2. Toledo : ville de l'Ohio.

— Eh, dis-je, il faut bien que tout le monde y passe, à un moment ou à un autre.

— Pas comme ça tout de même, dit Hogan. Jamais on ne va croire qu'il s'est entraîné. Quel effet ça fera-t-il pour le camp?

— Tu sais ce que les journalistes disent de lui?

— Si je le sais! Ils disent qu'il ne vaut rien, qu'on ne devrait pas même le laisser combattre.

— Alors? dis-je. Comme ils se trompent toujours, pas vrai?

— Oui, dit Hogan. Mais cette fois ils ont raison.

— Comment peuvent-ils savoir, bon Dieu, si un type est en forme ou non?

— Eh, dit Hogan. Ils ne sont pas si bêtes que ça.

— Tout ce qu'ils ont fait c'est de pronostiquer Willard[1] vainqueur à Toledo[2]. Ce Lardner[3], qui fait tellement le malin aujourd'hui, parle-lui donc du temps où il pronostiquait Willard à Toledo.

— Oh! lui, il n'y était pas, dit Hogan. Il ne s'occupe que des grands matches.

— Je me fiche d'eux tous, dis-je. Qu'est-ce qu'ils y connaissent, bon Dieu! Possible qu'ils sachent écrire, mais qu'est-ce qu'ils y connaissent?

— Tu ne penses tout de même pas que Jack soit en forme? me demanda Hogan.

— Non. Il est fini. Tout ce qui lui manque pour être bien foutu, c'est que Corbett[4] le donne gagnant.

3. Ring Lardner: reporter et écrivain qui s'intéressa particulièrement aux milieux sportifs.
4. James John Corbett, surnommé «Gentleman Jim», fut champion du monde des poids lourds.

"Well, Corbett'll pick him," Hogan says.

"Sure. He'll pick him."

That night Jack didn't sleep any either. The next morning was the last day before the fight. After breakfast we were out on the porch again.

"What do you think about, Jack, when you can't sleep?" I said.

"Oh, I worry," Jack says. "I worry about property I got up in the Bronx, I worry about property I got in Florida. I worry about the kids. I worry about the wife. Sometimes I think about fights. I think about that kike Ted Lewis and I get sore. I got some stocks and I worry about them. What the hell don't I think about?"

"Well," I said, "tomorrow night it'll all be over."

"Sure," said Jack. "That always helps a lot, don't it? That just fixes everything all up, I suppose. Sure."

He was sore all day. We didn't do any work. Jack just moved around a little to loosen up. He shadow-boxed a few rounds. He didn't even look good doing that. He skipped the rope a little while. He could'nt sweat.

"He'd be better not to do any work at all," Hogan said. We were standing watching him skip rope. "Don't he ever sweat at all any more?"

"He can't sweat."

— Eh bien, Corbett le donnera gagnant, dit Hogan.

— Sûrement qu'il le donnera.»

Cette nuit-là, Jack ne dormit pas plus que les autres nuits. Le lendemain, après le petit déjeuner, nous étions tous les deux sous le porche. C'était le dernier jour avant le match.

«À quoi que tu penses, Jack, lui dis-je, quand tu ne dors pas?

— Je me fais de la bile, dit Jack. À cause des biens que j'ai dans le Bronx. À cause des biens que j'ai en Floride. Je me fais de la bile à cause des gosses. Je me fais de la bile à cause de ma femme. Quelquefois je pense à des combats. Je pense à ce youpin de Ted Lewis, et ça me met en rogne. J'ai des titres et ça aussi ça me fait faire de la bile. À quoi diable est-ce que je ne pense pas?

— Bah! dis-je, demain soir tout sera fini.

— C'est vrai, dit Jack. Ça aide toujours de se dire ça, hein? Ça remet tout en place, hein?»

Toute la journée, il fut mal fichu et on ne travailla pas. Il se donna juste un peu d'exercice pour se déraidir. Il boxa dans le vide pendant quelques rounds; et même à ça il n'avait pas bonne allure. Il sauta à la corde quelques minutes. Il ne suait pas.

«Il ferait mieux de ne rien faire du tout», dit Hogan. Nous étions tous les deux debout côte à côte et en train de le regarder sauter. «Il ne sue donc plus jamais? reprit Hogan.

— Il ne peut pas.

"Do you suppose he's got the con? He never had any trouble making weight, did he?"

"No, he hasn't got any con. He just hasn't got anything inside any more."

"He ought to sweat," said Hogan.

Jack came over, skipping the rope. He was skipping up and down in front of us, forward and back, crossing his arms every third time.

"Well," he says. "What are you buzzards talking about?"

"I don't think you ought to work out any more," Hogan says. "You'll be stale."

"Wouldn't that be awful?" Jack says and skips away down the floor, slapping the rope hard.

That afternoon John Collins showed up out at the farm. Jack was up in his room. John came out in a car from town. He had a couple of friends with him. The car stopped and they all got out.

"Where's Jack?" John asked me.

"Up in his room, lying down."

"Lying down?"

"Yes," I said.

"How is he?"

I looked at the two fellows that were with John.

"They're friends of his," John said.

"He's pretty bad," I said.

"What's the matter with him?"

— Crois-tu qu'il est poitrinaire[1]? Il n'a jamais eu de mal à faire le poids, hein?

— Non, il n'est pas poitrinaire. Seulement il n'a plus rien dans le ventre, voilà.

— Faudrait qu'il sue », dit Hogan.

Jack s'approcha, en sautant à la corde. Il nous faisait face et sautait, de haut en bas, en avant et en arrière, croisant ses bras une fois sur trois.

« Eh bien, dit-il. De quoi parlez-vous, les rapaces[2]?

— Je disais que tu devrais t'arrêter, dit Hogan. Tu vas te surentraîner.

— Quelle catastrophe, hein? » dit Jack qui s'éloigna en sautant et en faisant claquer la corde sur le plancher.

Cet après-midi-là, Jack était couché dans sa chambre quand John Collins s'amena au camp. Il venait en auto de New York. Il était avec deux amis. La voiture s'arrêta et tout le monde descendit.

« Où est Jack? me demanda John.

— Dans sa chambre, couché.

— Couché?

— Oui, dis-je.

— Comment va-t-il? »

Je jetai un coup d'œil du côté des deux types qui accompagnaient John.

« Ce sont des amis à lui, dit John.

— Il va plutôt mal, dis-je.

— Qu'est-ce qui cloche?

1. *The con* (familier), *tuberculosis*: tuberculose.
2. *Buzzards*: buses.

"He don't sleep."

"Hell," said John. "That Irishman could never sleep."

"He isn't right," I said.

"Hell," John said. "He's never right. I've had him for ten years and he's never been right yet."

The fellows who were with him laughed.

"I want you to shake hands with Mr Morgan and Mr Steinfelt," John said. "This is Mr Doyle. He's been training Jack."

"Glad to meet you," I said.

"Let's go up and see the boy," the fellow called Morgan said.

"Let's have a look at him," Steinfelt said.

We all went upstairs.

"Where's Hogan?" John asked.

"He's out in the barn with a couple of his customers," I said.

"He got many people out here now?" John asked.

"Just two."

"Pretty quiet, ain't it?" Morgan said.

"Yes," I said. "It's pretty quiet."

We were outside Jack's room. John knocked on the door. There wasn't any answer.

"Maybe he's asleep," I said.

"What the hell's he sleeping in the daytime for?"

John turned the handle and we all went in.

— Il ne dort pas.

— Eh! bon Dieu, dit John, jamais ce bougre d'Irlandais n'a été fichu de dormir.

— Il ne va pas bien, dis-je.

— Eh! bon Dieu, dit John, il est toujours comme ça. Voilà dix ans que je m'occupe de lui et je ne l'ai jamais vu d'aplomb. »

Les deux autres types se mirent à rire.

« Je te présente[1] M. Morgan et M. Steinfelt », dit John. Puis, me désignant : « M. Doyle. C'est lui qui a entraîné Jack.

— Enchanté, fis-je.

— Si on montait voir le gaillard ? proposa le type du nom de Morgan.

— C'est ça, allons le voir », dit Steinfelt.

Et nous montâmes tous.

« Où est Hogan ? demanda John.

— Dans la grange, avec ses deux pensionnaires, dis-je.

— Il a beaucoup de monde en ce moment ? demanda John.

— Rien que ces deux-là.

— C'est plutôt calme, hein ? dit Morgan.

— Oui, dis-je, c'est plutôt calme. »

On arriva devant la porte de Jack. John frappa sans recevoir de réponse.

« Peut-être qu'il dort, dis-je.

— Eh! bon Dieu, pourquoi dormirait-il quand il fait jour ? »

John tourna le bouton de la porte et on entra tous.

---

1. *To shake hands* : serrer la main.

Jack was lying asleep on the bed. He was face down and his face was in the pillow. Both his arms were around the pillow.

"Hey, Jack!" John said to him.

Jack's head moved a little on the pillow. "Jack!" John says, leaning over him. Jack just dug a little deeper in the pillow. John touched him on the shoulder. Jack sat up and looked at us. He hadn't shaved and he was wearing an old sweater.

"Christ! Why can't you let me sleep?" he says to John.

"Don't be sore," John says. "I didn't mean to wake you up."

"Oh no," Jack says. "Of course not."

"You know Morgan and Steinfelt," John said.

"Glad to see you," Jack says.

"How do you feel, Jack," Morgan asked him.

"Fine," Jack says. "How the hell would I feel?"

"You look fine," Steinfelt says.

"Yes, don't I," says Jack. "Say," he says to John. "You're my manager. You get a big cut. Why the hell don't you come out here when the reporters was out! You want Jerry and me to talk to them?"

"I had Lew fighting in Philadelphia," John said.

"What the hell's that to me?" Jack says. "You're my manager. You get a big enough cut, don't you?

Jack était allongé sur le lit, et il dormait, à plat ventre, la figure dans l'oreiller qu'il entourait de ses deux bras.

« Hé ! Jack ! » lui fit John.

La tête de Jack bougea un peu sur l'oreiller. « Jack ! » répéta John en se penchant vers lui. Jack s'enfonça un peu plus dans l'oreiller. John lui toucha l'épaule. Jack s'assit et nous regarda. Il n'était pas rasé et il était vêtu d'un vieux chandail.

« Seigneur ! on ne peut donc pas me laisser dormir ! s'écria-t-il à John.

— Ne te fâche pas, dit John. Je ne voulais pas te réveiller.

— Mais non, dit Jack. Mais non, bien sûr…

— Tu connais Morgan et Steinfelt, dit John.

— Heureux de vous voir, dit Jack.

— Comment ça va, Jack ? lui demanda Morgan.

— Bien, dit Jack. Comment voulez-vous que ça aille ?

— Tu as bonne mine, dit Steinfelt.

— N'est-ce pas ? » dit Jack. Et se tournant vers John : « Est-ce que t'es mon manager, oui ou non ? cria-t-il. Tu touches une assez belle part du gâteau. Pourquoi n'es-tu pas ici quand les journalistes viennent ? Tu veux que ce soit Jerry qui leur parle ? ou moi ?

— J'avais le combat de Lew à Philadelphie, dit John.

— Qu'est-ce que tu veux que ça me fasse, bon Dieu ! s'écria Jack. Est-ce que t'es mon manager, oui ou non ? Tu touches assez de pognon comme ça, hein ?

You aren't making me any money in Philadelphia, are you? Why the hell aren't you out here when I ought to have you?"

"Hogan was here."

"Hogan," Jack says. "Hogan's as dumb as I am."

"Soldier Bartlett was out here working with you for a while, wasn't he?" Steinfelt said to change the subject.

"Yes, he was out here," Jack says. "He was out here all right."

"Say, Jerry," John said to me. "Would you go and find Hogan and tell him we want to see him in about half an hour?"

"Sure," I said.

"Why the hell can't he stick around?" Jack says. "Stick around, Jerry."

Morgan and Steinfelt looked at each other.

"Quiet down, Jack," John said to him.

"I better go find Hogan," I said.

"All right, if you want to go," Jack says. "None of these guys are going to send you away, though."

"I'll go find Hogan," I said.

Hogan was out in the gym in the barn. He had a couple of his health-farm patients with the gloves on. They neither one wanted to hit the other, for fear they would come back and hit him.

C'était pas pour me gagner de l'argent que t'étais à Philadelphie, hein? Pourquoi n'es-tu pas ici, bon Dieu, quand on a besoin de toi?

— T'avais Hogan.

— Hogan! dit Jack. Il est aussi gourde que moi.

— Soldier Bartlett est venu un moment travailler avec vous, n'est-ce pas? dit Steinfelt pour changer de conversation.

— Oui, il est venu, dit Jack. Je te crois qu'il est venu.

— Dis donc, Jerry, me dit John. Tu ne voudrais pas aller voir Hogan et lui dire de monter ici dans une demi-heure?

— Mais si, dis-je.

— Pourquoi qu'il ne resterait pas avec nous, bon Dieu? dit Jack. Reste ici, Jerry.»

Morgan et Steinfelt se regardèrent.

«Calme-toi, Jack, lui dit John.

— Vaut mieux que je descende chercher Hogan, dis-je.

— Si tu veux t'en aller, c'est bon, dit Jack. Mais faut pas que ce soit ces types-là qui te fassent partir, tu sais.

— Je descends chercher Hogan», dis-je.

Je trouvai Hogan au gymnase, dans la grange. Ses deux pensionnaires avaient passé les gants. Mais aucun d'eux n'osait toucher l'autre de peur qu'il ne se rebiffe et rende le coup.

"That'll do," Hogan said when he saw me come in. "You can stop the slaughter. You gentlemen take a shower and Bruce will rub you down."

They climbed out through the ropes and Hogan came over to me.

"John Collins is out with a couple of friends to see Jack," I said.

"I saw them come up in the car."

"Who are the two fellows with John?"

"They're what you call wise boys," Hogan said. "Don't you know them two?"

"No," I said.

"That's Happy Steinfelt and Lew Morgan. They got a poolroom."

"I been away a long time," I said.

"Sure," said Hogan. "That Happy Steinfelt's a big operator."

"I've heard his name," I said.

"He's a pretty smooth boy," Hogan said. "They're a couple of sharpshooters."

"Well," I said. "They want to see us in half an hour."

"You mean they don't want to see us until a half an hour?"

"That's it."

"Come on in the office," Hogan said. "To hell with those sharpshooters."

After about thirty minutes or so Hogan and I went upstairs. We knocked on Jack's door. They were talking inside the room.

« Ça ira comme ça, dit Hogan en me voyant entrer. Arrêtez le massacre. Allez prendre une douche, messieurs, Bruce vous frictionnera. »

Ils se faufilèrent à travers les cordes et Hogan vint vers moi.

« John Collins est ici avec deux copains dans la chambre de Jack, dis-je.

— Je les ai vus arriver dans leur auto.

— Qu'est-ce que c'est que les deux types qui sont avec lui ?

— Des malins, dit Hogan. Tu ne les connais pas, ces deux-là ?

— Non, dis-je.

— C'est Happy Steinfelt et Lew Morgan. Ils tiennent une académie de billard.

— J'ai été longtemps parti, dis-je.

— C'est vrai, dit Hogan. Ce Happy Steinfelt est un gros book.

— Je le connais de nom, dis-je.

— C'est un sacré roublard, dit Hogan. Lui et Morgan ont l'œil, et le bon[1].

— Enfin, dis-je, ils veulent nous voir d'ici une demi-heure.

— Tu veux dire qu'ils ne veulent pas nous voir avant une demi-heure ?

— C'est ça.

— Entrons au bureau, dit Hogan. Qu'ils aillent se faire fiche, tous ces sacrés roublards. »

Environ une demi-heure plus tard, on monta Hogan et moi et on frappa à la porte de Jack. On entendait parler dans la chambre.

----

1. *Sharpshooter* : tireur d'élite.

"Wait a minute," somebody said.

"To hell with that stuff," Hogan said. "When you want me I'm down in the office."

We heard the door unlock. Steinfelt opened it.

"Come on in, Hogan," he says. "We're all going to have a drink."

"Well," says Hogan. "That's something."

We went in. Jack was sitting on the bed. John and Morgan were sitting on a couple of chairs. Steinfelt was standing up.

"You're a pretty mysterious lot of boys," Hogan said.

"Hello, Danny," John says.

"Hello, Danny," Morgan says and shakes hands.

Jack doesn't say anything. He just sits there on the bed. He ain't with the others. He's all by himself. He was wearing an old blue jersey and pants and had on boxing shoes. He needed a shave. Steinfelt and Morgan were dressers. John was quite a dresser too. Jack sat there looking Irish and tough.

Steinfelt brought out a bottle and Hogan brought in some glasses and everybody had a drink. Jack and I took one and the rest of them went on and had two or three each.

"Better save some for your ride back," Hogan said.

"Don't you worry. We got plenty," Morgan said.

Jack hadn't drunk anything since the one drink.

«Une minute, cria quelqu'un.

— Allez au diable avec vos histoires, dit Hogan. Quand vous serez disposés, vous me trouverez au bureau.»

Mais on entendit jouer la serrure, et Steinfelt ouvrit la porte.

«Entre, Hogan, dit-il. Nous allons boire un coup.

— À la bonne heure, dit Hogan. Voilà qui s'appelle parler.»

Nous entrâmes. Jack était assis sur le lit, John et Morgan sur des chaises, et Steinfelt était debout.

«Vous êtes des petits mystérieux, dit Hogan.

— Ce vieux Danny! dit John.

— Ce vieux Danny!» dit Morgan en lui serrant la main.

Jack resta silencieux. Il était assis sur le bord du lit. Il n'était pas avec les autres, mais seul en lui-même. Vêtu de son vieux chandail bleu et de sa vieille culotte. Avec ses chaussons de boxe. Et sa barbe de huit jours. Steinfelt et Morgan étaient de vrais gandins. John aussi était un gandin. Et Jack était assis sur le bord du lit avec son air irlandais et ours.

Steinfelt sortit une bouteille de sa poche, Hogan alla chercher des verres, et tout le monde but un coup. Jack et moi, un verre seulement. Mais les autres continuèrent et en sifflèrent deux ou trois.

«Vous feriez bien d'en garder un peu pour la route, dit Hogan.

— Ne t'en fais pas. Y en a d'autre», fit Morgan.

Jack n'avait rien bu d'autre que son premier verre.

He was standing up and looking at them. Morgan was sitting on the bed where Jack had sat.

"Have a drink, Jack," John said and handed him the glass and the bottle.

"No," Jack said, "I never liked to go to these wakes."

They all laughed. Jack didn't laugh.

They were all feeling pretty good when they left. Jack stood on the porch when they got into the car. They waved to him.

"So long," Jack said.

We had supper. Jack didn't say anything all during the meal except, "Will you pass me this?" or "Will you pass me that?" The two health-farm patients ate at the same table with us. They were pretty nice fellows. After we finished eating we went out on the porch. It was dark early.

"Like to take a walk, Jerry?" Jack asked.

"Sure," I said.

We put on our coats and started out. It was quite a way down to the main road and then we walked along the main road about a mile and a half. Cars kept going by and we would pull out to the side until they were past. Jack didn't say anything. After we had stepped out into the bushes to let a big car go by Jack said, "To hell with this walking. Come on back to Hogan's."

Il s'était levé et nous regardait sans mot dire. Morgan avait pris la place de Jack au bord du lit.

«Bois un coup, Jack, dit John en lui tendant un verre et la bouteille.

— Non, dit Jack. Je n'aime pas ces ripailles d'enterrement[1].»

La compagnie se mit à rire. Mais pas Jack.

Au moment de partir, ils avaient l'air d'être tous à point. Jack se trouvait sous le porche lorsqu'ils montèrent en voiture. Ils lui firent des signes d'adieu de la main.

«Salut», dit Jack.

On alla se mettre à table. Jack ne desserra pas les lèvres de tout le repas, sauf pour dire : «Passe-moi ceci, s'il te plaît?» ou : «Passe-moi cela, s'il te plaît?» Les deux pensionnaires du camp mangeaient à la même table que nous. C'étaient de bons types. Une fois le dîner fini, on alla sous le porche. Il faisait déjà noir.

«Un petit tour, Jerry? me dit Jack.

— Si tu veux», répondis-je.

On passa nos vestons et on partit. Il y avait un bon bout de chemin jusqu'à la grande route, puis arrivés là on la suivit sur deux kilomètres[2] à peu près. Et là les autos défilaient sans arrêt et on était tout le temps sur le côté de la route, à se garer. Jack ne parlait pas. Finalement, comme on sortait des buissons, où on venait de se fourrer pour laisser passer une grosse voiture, il s'écria : «Au diable la promenade! Retournons chez Hogan.»

1. *Wake* : veillée mortuaire.
2. *A mile* : 1 609 mètres.

We went along a side road that cup up over the hill and cut across the fields back to Hogan's. We could see the lights of the house up on the hill. We came around to the front of the house and there standing in the doorway was Hogan.

"Have a good walk?" Hogan asked.

"Oh, fine," Jack said. "Listen, Hogan. Have you got any liquor?"

"Sure," says Hogan. "What's the idea?"

"Send it up to the room", Jack says. "I'm going to sleep tonight."

"You're the doctor," Hogan says.

"Come on up to the room, Jerry," Jack says.

Upstairs Jack sat on the bed with his head in his hands.

"Ain't it a life?" Jack says.

Hogan brought in a quart of liquor and two glasses.

"Want some ginger ale?"

"What do you think I want to do, get sick?"

"I just asked you," said Hogan.

"Have a drink?" said Jack.

"No, thanks," said Hogan. He went out.

"How about you, Jerry?"

"I'll have one with you," I said.

Jack poured out a couple of drinks. "Now," he said, "I want to take it slow and easy."

"Put some water in it," I said.

"Yes," Jack said. "I guess that's better."

On prit un chemin de traverse qui nous ramenait à la maison par la colline et les champs et on se retrouva derrière chez Hogan. On voyait les lumières de la maison au-dessus sur la colline. On fit le tour du bâtiment. Hogan était debout sur le pas de la porte.

«Bonne promenade? demanda-t-il.

— Oh, épatante, dit Jack. Écoute, Hogan. As-tu à boire?

— Cette blague, dit Hogan. Pourquoi?

— Fais-en monter dans ma chambre, dit Jack. Cette nuit, je veux dormir.

— C'est toi qui juges, dit Hogan.

— Tu viens dans ma chambre, Jerry?» me dit Jack.

Une fois en haut, il s'assit sur le lit, la tête dans les mains.

«Tu parles d'une vie, dit-il.»

Hogan entra avec une bouteille de whisky et deux verres.

«Veux-tu du ginger ale? dit Hogan.

— Qu'est-ce que tu te figures? Que je veux me rendre malade?

— C'était pour savoir, dit Hogan.

— Tu bois un coup? offrit Jack.

— Non, merci», dit Hogan. Et il sortit.

«Et toi, Jerry?

— Histoire de trinquer», dis-je.

Jack emplit deux verres. «Et maintenant, dit-il, je vais boire tranquillement, sans me presser.

— Mets de l'eau dedans, dis-je.

— Oui, dit Jack. Je pense que ça vaudra mieux.»

We had a couple of drinks without saying anything. Jack started to pour me another.

"No," I said, "that's all I want."

"All right," Jack said. He poured himself out another big shot and put water in it. He was lighting up a little.

"That was a fine bunch out here this afternoon," he said. "They don't take any chances, those two."

Then a little later, "Well," he says, "they're right. What the hell's the good in taking chances?"

"Don't you want another, Jerry?" he said. "Come on, drink along with me."

"I don't need it, Jack," I said. "I feel all right."

"Just have one more," Jack said. It was softening him up.

"All right," I said.

Jack poured one for me and another big one for himself.

"You know," he said, "I like liquor pretty well. If I hadn't been boxing I would have drunk quite a lot."

"Sure," I said.

"You know," he said, "I missed a lot, boxing."

"You made plenty of money."

"Sure, that's what I'm after. You know I miss a lot, Jerry."

"How do you mean?"

"Well," he says, "like about the wife. And being away from home so much. It don't do my girls any good. 'Who's your old man?' some of those society kids'll say to them. 'My old man's Jack Brennan.' That don't do them any good."

On but un verre ou deux sans rien dire. Jack fit mine de m'en remplir un troisième.

« Non, dis-je. Ça va comme ça.

— Bien », dit Jack. Il se resservit un bon coup et ajouta de l'eau. Il commençait à se dérider un peu.

« Tu parles de types à la coule que ceux de cet après-midi, dit-il. En voilà deux qui n'aiment pas courir des risques. »

Puis un peu après : « Mais quoi ? Ils ont raison. Pourquoi, bon Dieu, courir des risques ? »

« Encore un verre, Jerry ? Allons, trinque avec moi.

— C'est pas la peine, Jack, dis-je. Ça va très bien comme ça.

— Le dernier, insista Jack qui s'adoucissait.

— Bon », dis-je.

Jack me servit et se versa un bon verre.

« Moi, dit-il, j'aime bien le whisky. Si je n'avais pas fait de boxe, j'aurais aimé boire sec.

— Oui, dis-je.

— Moi, dit-il, j'ai manqué un tas de choses à cause de la boxe.

— T'as gagné beaucoup d'argent.

— Dame, c'est pour ça que j'en fais. Mais, vois-tu, Jerry, j'ai manqué un tas de choses.

— Qu'est-ce que tu veux dire ?

— Eh bien, dit-il, comme pour ma femme, par exemple. Et puis d'être si souvent en dehors de chez moi. Ça ne fait pas de bien à mes filles non plus. "Qui que c'est que votre vieux ?" leur demanderont les petits gars du monde. "Mon vieux, c'est Jack Brennan." Ça ne leur fait pas de bien, ça.

"Hell," I said, "all that makes a difference is if they got dough."

"Well," says Jack, "I got the dough for them all right."

He poured out another drink. The bottle was about empty.

"Put some water in it," I said. Jack poured in some water.

"You know," he says, "you ain't got any idea how I miss the wife."

"Sure."

"You ain't got any idea. You can't have an idea what it's like."

"It ought to be better out in the country than in town."

"With me now," Jack said, "it don't make any difference where I am. You can't have an idea what it's like."

"Have another drink."

"Am I getting soused? Do I talk funny?"

"You're coming on all right."

"You can't have an idea what it's like. They ain't anybody can have an idea what it's like."

"Except the wife," I said.

"She knows," Jack said. "She knows all right. She knows. You bet she knows."

"Put some water in that," I said.

"Jerry," says Jack, "you can't have an idea what it gets to be like."

He was good and drunk. He was looking at me steady. His eyes were sort of too steady.

— Bah ! dis-je, la seule chose qui importe c'est qu'elles aient le fric.

— T'en fais pas, dit Jack. J'ai du fric pour elles. »

Il se versa encore à boire. La bouteille était presque vide.

« Mets de l'eau dedans », dis-je. Il ajouta un peu d'eau.

« Vois-tu, dit-il, tu ne peux pas avoir idée à quel point ma femme me manque.

— Ça, c'est sûr.

— Tu ne peux pas avoir idée. Tu ne peux pas avoir idée de ce que c'est.

— Ça devrait pourtant être moins dur ici, à la campagne, qu'en ville.

— Pour moi, maintenant, dit Jack, l'endroit où je suis ne fait pas de différence. Tu ne peux pas avoir idée de ce que c'est.

— Bois un peu, va.

— Est-ce que je suis saoul ? Tu trouves que je bafouille ?

— Mais non, tu t'en tires très bien.

— Tu ne peux pas avoir idée de ce que c'est. Y a personne qui puisse avoir idée de ce que c'est.

— Excepté ta femme, dis-je.

— Oui, elle le sait, ma femme, dit Jack. Elle le sait bien. Elle le sait. Pour ça, elle le sait.

— Mets de l'eau, dis-je.

— Jerry, reprit-il. Tu ne peux pas avoir idée de ce que ça finit par devenir. »

Il était bel et bien saoul. Il me regardait dans les yeux, et les siens étaient comme qui dirait tout fixes.

"You'll sleep all right," I said.

"Listen, Jerry," Jack says. "You want to make some money? Get some money down on Walcott."

"Yes?"

"Listen, Jerry," Jack put down the glass. "I'm not drunk now, see? You know what I'm betting on him? Fifty grand."

"That's a lot of dough."

"Fifty grand," Jack says, "at two to one. I'll get twenty-five thousand bucks. Get some money on him, Jerry."

"It sounds good," I said.

"How can I beat him?" Jack says. "It ain't crooked. How can I beat him? Why not make money on it?"

"Put some water in that," I said.

"I'm through after this fight," Jack says. "I'm through with it. I got to take a beating. Why shouldn't I make money on it?"

"Sure."

"I ain't slept for a week," Jack says. "All night I lay awake and worry my can off. I can't sleep, Jerry. You ain't got an idea what it's like when you can't sleep."

"Sure."

"I can't sleep. That's all. I just can't sleep. What's the use of taking care of yourself all these years when you can't sleep?"

"It's bad."

"You ain't got an idea what it's like, Jerry, when you can't sleep.

« Tu vas bien dormir, dis-je.

— Écoute, Jerry, me dit Jack. Veux-tu gagner de l'argent ? Mise sur Walcott.

— Oui ?

— Écoute, Jerry… » Jack posa son verre. « Je ne suis pas saoul, hein ? Sais-tu ce que je joue sur lui, moi ? Cinquante gros billets.

— Ça fait de la galette.

— Cinquante gros billets, reprit Jack, à deux contre un. Je toucherai vingt-cinq mille dollars[1]. Mise sur lui, Jerry.

— C'est tentant, dis-je.

— Comment veux-tu que je le batte ? fit Jack. C'est pas du maquillage. Comment veux-tu que je le batte ? Pourquoi ne pas en profiter ?

— Mets de l'eau, dis-je.

— Après ce combat-là, je laisse tomber, dit Jack. Je laisse tomber. Faut que je reçoive une raclée. Alors ? Pourquoi que je n'en profiterais pas ?

— Ça, sûrement.

— Voilà huit jours que je ne dors pas, dit Jack. Toute la nuit, je suis dans le lit à me ronger les sangs. Je ne dors pas, Jerry. Tu n'as pas idée de ce que ça fait quand on ne peut pas fermer l'œil.

— Mais si.

— Je ne dors pas. C'est tout. Je ne peux pas dormir. À quoi bon faire attention à soi pendant tant d'années si c'est pour en arriver là ?

— C'est moche.

— Tu n'as pas idée de ce que ça fait, Jerry, quand on ne peut pas fermer l'œil.

1. *Bucks* (familier) : dollars.

"Put some water in that," I said.

Well, about eleven o'clock Jack passes out and I put him to bed. Finally he's so he can't keep from sleeping. I helped him get his clothes off and got him into bed.

"You'll sleep all right, Jack," I said.

"Sure," Jack says, "I'll sleep now."

"Good night, Jack," I said.

"Good night, Jerry," Jack says. "You're the only friend I got."

"Oh, hell," I said.

"You're the only friend I got," Jack says, "the only friend I got."

"Go to sleep," I said.

"I'll sleep," Jack says.

Downstairs Hogan was sitting at the desk in the office reading the papers. He looked up. "Well, you get your boy friend to sleep?" he asks.

"He's off."

"It's better for him than not sleeping," Hogan said.

"Sure."

"You'd have a hell of a time explaining that to these sport writers though," Hogan said.

"Well, I'm going to bed myself," I said.

"Good night," said Hogan.

In the morning I came downstairs about eight o'clock and got some breakfast. Hogan had his two customers out in the barn doing exercises. I went out and watched them.

"One! Two! Three! Four!" Hogan was counting for them.

— Mets de l'eau », dis-je.

Bref, vers onze heures, Jack tomba dans les pommes et je le mis au lit. Cette fois il était mûr et ne pourrait pas faire autrement que de dormir. Je l'aidai à se déshabiller et je le couchai.

« Tu vas bien dormir, Jack, lui dis-je.

— Tu parles, répondit-il. Je dors déjà.

— Bonne nuit, Jack, dis-je.

— Bonne nuit, Jerry. T'es mon seul ami.

— Oh ! ça va, dis-je.

— T'es mon seul ami, reprit-il. Le seul ami que j'ai au monde.

— Allez ! dors, dis-je.

— Je vais dormir », dit Jack.

Je retrouvai Hogan en bas, assis devant son bureau et lisant les journaux. Il leva la tête. « Et alors, il fait dodo, le petit copain ? me demanda-t-il.

— Il était mûraille.

— Ça vaut mieux pour lui que de ne pas dormir, dit Hogan.

— Pour sûr.

— Et pourtant on aurait un mal de chien à faire comprendre ça aux reporters des journaux sportifs, dit Hogan.

— Oui, dis-je. Je m'en vais me coucher aussi.

— Bonne nuit », dit Hogan.

Le lendemain matin, je descendis vers huit heures et pris mon petit déjeuner. Hogan était dans la grange en train de faire faire des exercices à ses deux pensionnaires. J'allai les regarder.

« Un !... Deux !... Trois !... Quatre !... comptait Hogan à haute voix.

"Hello, Jerry," he said. "Is Jack up yet?"

"No. He's still sleeping."

I went back to my room and packed up to go in to town. About nine-thirty I heard Jack getting up in the next room. When I heard him go downstairs I went down after him. Jack was sitting at the breakfast table. Hogan had come in and was standing beside the table.

"How do you feel, Jack?" I asked him.

"Not so bad."

"Sleep well?" Hogan asked.

"I slept all right," Jack said. "I got a thick tongue but I ain't got a head."

"Good," said Hogan. "That was good liquor."

"Put it on the bill," Jack says.

"What time you want to go into town?" Hogan asked.

"Before lunch," Jack says. "The eleven o'clock train."

"Sit down, Jerry," Jack said. Hogan went out.

I sat down at the table. Jack was eating a grapefruit. When he'd find a seed he'd spit it out in the spoon and dump it on the plate.

"I guess I was pretty stewed last night," he started.

"You drank some liquor."

"I guess I said a lot of fool things."

"You weren't bad."

Ça va, Jerry? ajouta-t-il en me voyant. Jack est levé?

— Non, il dort encore», répondis-je.

Puis je remontai dans ma chambre faire ma valise pour aller à New York. Vers neuf heures et demie, j'entendis Jack qui se levait dans la pièce à côté. Quand je l'entendis descendre l'escalier, je descendis à mon tour et le trouvai attablé en train de déjeuner. Hogan était là aussi, debout à côté de la table.

«Comment ça va, Jack? lui demandai-je.

— Pas mal.

— Bien dormi? demanda Hogan.

— Oui, très bien, dit Jack. J'ai la langue un peu pâteuse mais pas de gueule de bois.

— Ah! dit Hogan, c'était du bon whisky.

— Mets-le sur la note, dit Jack.

— À quelle heure partez-vous pour New York? demanda Hogan.

— Avant le déjeuner, répondit Jack. Par le train de onze heures.

— Prends une chaise, Jerry», dit Jack. Hogan sortit.

Je m'assis devant la table. Jack mangeait un pamplemousse. Quand il trouvait un pépin, il le crachait dans sa cuillère et le laissait tomber sur son assiette.

«Je crois qu'hier soir j'étais bien cuit, commença-t-il.

— T'as bu pas mal.

— J'ai dû dire un tas de bêtises.

— Mais non.

65

"Where's Hogan?" he asked. He was through with the grapefruit.

"He's out in front in the office."

"What did I say about betting on the fight?" Jack asked. He was holding the spoon and sort of poking at the grapefruit with it.

The girl came in with some ham and eggs and took away the grapefruit.

"Bring me another glass of milk," Jack said to her. She went out.

"You said you had fifty grand on Walcott," I said.

"That's right," Jack said.

"That's a lot of money."

"I don't feel too good about it," Jack said.

"Something might happen."

"No," Jack said. "He wants the title bad. They'll be shooting with him all right."

"You can't ever tell."

"No. He wants the title. It's worth a lot of money to him."

"Fifty grand is a lot of money," I said.

"It's business," said Jack. "I can't win. You know I can't win anyway."

"As long as you're in there you got a chance."

"No," Jack says. "I'm all through. It's just business."

"How do you feel?"

"Pretty good," Jack said. "The sleep was what I needed."

— Où est Hogan? reprit-il. Il venait de finir son fruit.

— Il est de l'autre côté, dans le bureau.

— Qu'est-ce que j'ai raconté sur le combat et les paris?» demanda Jack. Il tenait sa cuillère à la main et tapotait machinalement la peau du pamplemousse.

La bonne apporta des œufs au jambon et enleva le pamplemousse.

«Donnez-moi un autre verre de lait», lui dit Jack. Elle sortit.

«Tu m'as dit que t'avais joué cinquante mille dollars sur Walcott, dis-je.

— C'est vrai, dit Jack.

— Ça fait de la galette.

— C'est bien ce qui m'embête, dit Jack.

— S'il arrivait quelque chose?

— Non, dit Jack. Il en pince pour le titre. Et on l'a mis là pour qu'il gagne.

— On ne sait jamais.

— Non. Il en pince pour le titre, je te dis. Pour lui, ça vaut de l'argent, et beaucoup.

— Cinquante mille dollars, ça fait de la galette, dis-je.

— C't'une spéculation, dit Jack. Puisque je ne peux pas gagner! Tu le sais bien que je ne peux pas gagner!

— Tant que tu es sur le tapin, t'as une chance.

— Non, dit Jack, je suis fini. Je vois la spéculation, c'est tout.

— Comment te sens-tu?

— Bien, dit Jack. C'était de dormir que j'avais besoin.

"You might go good."

"I'll give them a good show," Jack said.

After breakfast Jack called up his wife on the long-distance. He was inside the booth telephoning.

"That's the first time he's called her up since he's out here," Hogan said.

"He writes her every day."

"Sure," Hogan says, "a letter only costs two cents."

Hogan said good-bye to us and Bruce, the nigger rubber, drove us down to the train in the cart.

"Good-bye, Mr Brennan," Bruce said at the train, "I sure hope you knock his can off."

"So long," Jack said. He gave Bruce two dollars. Bruce had worked on him a lot. He looked kind of disappointed. Jack saw me looking at Bruce holding the two dollars.

"It's all in the bill," he said. "Hogan charged me for the rubbing."

On the train going into town Jack didn't talk. He sat in the corner of the seat with his ticket in his hat-band and looked out of the window. Once he turned and spoke to me.

"I told the wife I'd take a room at the Shelby tonight," he said.

— Peut-être que tu t'en tireras bien.

— Je leur en mettrai plein la vue », dit Jack.

Après avoir mangé, il appela sa femme au téléphone[1] et s'enferma dans la cabine.

« C'est la première fois qu'il lui téléphone depuis qu'il est ici, dit Hogan.

— Il lui écrit tous les jours.

— Cette blague, dit Hogan. Une lettre, ça ne coûte que deux cents. »

Hogan nous fit ses adieux et Bruce, le soigneur nègre, nous conduisit à la gare dans la carriole.

« Au revoir, m'sieur Brennan, dit Bruce sur le quai. J'espère que vous allez lui rentrer dans la terrine.

— Au revoir », dit Jack en lui tendant deux dollars. Bruce, qui s'était beaucoup occupé de lui, avait l'air un peu désappointé. Jack s'aperçut que je regardais Bruce qui tenait ses deux dollars.

« Tout était sur la note, me dit-il. Hogan a compté les massages. »

Dans le train qui nous ramenait à New York, Jack resta silencieux. Il était assis au bout de la banquette, son billet glissé sous le ruban de son chapeau, et il regardait par la vitre. À un moment, il se tourna vers moi.

« J'ai prévenu ma femme que je retenais une chambre au Shelby pour cette nuit, dit-il.

---

1. *Long-distance call* : appel longue distance (par opposition à *local call* : appel local).

"It's just around the corner from the Garden. I can go up to the house tomorrow morning."

"That's a good idea," I said. "Your wife ever see you fight, Jack?"

"No," Jack says. "She never seen me fight."

I thought he must be figuring on taking an awful beating if he doesn't want to go home afterwards. In town we took a taxi up to the Shelby. A boy came out and took our bags and we went in to the desk.

"How much are the rooms?" Jack asked.

"We only have double rooms," the clerk says. "I can give you a nice double room for ten dollars."

"That's too steep."

"I can give you a double room for seven dollars."

"With a bath?"

"Certainly."

"You might as well bunk with me, Jerry," Jack says.

"Oh," I said, "I'll sleep down at my brother-in-law's."

"I don't mean for you to pay it," Jack says. "I just want to get my money's worth."

"Will you register, please?" the clerk says. He looked at the names. "Number 238, Mister Brennan."

We went up in the elevator. It was a nice big room with two beds and a door opening into a bathroom.

C'est juste à côté du Garden[1]. Je rentrerai à la maison demain matin.

— C'est une bonne idée, dis-je. Ta femme t'a déjà vu combattre, Jack?

— Non, dit-il. Jamais. »

Il faut qu'il s'attende à recevoir une fameuse volée, pensais-je, pour ne pas vouloir rentrer chez lui après le combat. À New York nous prîmes un taxi jusqu'au Shelby. Un chasseur accourut, s'empara de nos valises et nous accompagna au bureau.

« Quel est le prix des chambres? demanda Jack.

— Nous n'avons que des chambres à deux lits, dit l'employé. Je peux vous donner une belle chambre à deux lits pour dix dollars.

— C'est trop.

— Je peux vous donner une chambre à deux lits pour sept dollars.

— Avec salle de bains?

— Bien entendu.

— Si tu campais ici avec moi, Jerry? dit Jack.

— Oh! moi, dis-je, j'irai coucher chez mon beau-frère.

— C'est pas que je veuille te faire payer ta part, dit Jack. Mais j'aime en avoir pour mon argent.

— Voulez-vous vous inscrire, je vous prie? » dit l'employé. Puis, quand il eut regardé le registre, il ajouta : « Chambre numéro 238, monsieur Brennan. »

Nous prîmes l'ascenseur. C'était une grande et belle chambre à deux lits avec une porte donnant sur la salle de bains.

---

1. Madison Square Garden.

"This is pretty good," Jack says.

The boy who brought us up pulled up the curtains and brought in our bags. Jack didn't make any move, so I gave the boy a quarter. We washed up and Jack said we better go out and get something to eat.

We ate lunch at Jimmy Hanley's place. Quite a lot of the boys were there. When we were about half through eating, John came in and sat down with us. Jack didn't talk much.

"How are you on the weight, Jack?" John asked him. Jack was putting away a pretty good lunch.

"I could make it with my clothes on," Jack said. He never had to worry about taking off weight. He was a natural welterweight and he'd never gotten fat. He'd lost weight out at Hogan's.

"Well, that's on thing you never had to worry about," John said.

"That's one thing," Jack says.

We went around to the Garden to weigh in after lunch. The match was made at a hundred forty-seven pounds at three o'clock. Jack stepped on the scales with a towel around him. The bar didn't move. Walcott had just weighed and was standing with a lot of people around him.

"Let's see what you weigh, Jack," Freedman, Walcott's manager said.

« Pas mal », dit Jack.

Le chasseur qui nous avait conduits tira les rideaux et apporta nos valises. Comme Jack ne faisait pas mine de bouger, c'est moi qui lui donnai la pièce[1]. On se lava un peu, puis Jack proposa de sortir pour aller manger.

On déjeuna chez Jimmy Hanley's. Il y avait là toute une bande de copains. Nous en étions à peu près à la moitié du repas quand John arriva. Il vint s'asseoir avec nous. Jack ne parlait guère.

« Et ton poids, Jack ? » lui demanda John, en voyant le bon déjeuner que Jack s'envoyait.

« Je le ferais tout habillé », répondit Jack. Il n'avait jamais eu besoin de se tourmenter à cause de son poids, lui. Il avait une nature de poids welter et n'engraissait jamais. Chez Hogan il avait même maigri.

« C'est vrai que tu n'as jamais eu à t'en faire pour ça, dit John.

— Comme tu dis », opina Jack.

Après le déjeuner, nous nous dirigeâmes vers le Garden pour la pesée. Le combat était conclu pour un poids de soixante-six kilos six cents[2] à trois heures de l'après-midi. Jack, une serviette autour de la ceinture, monta sur la balance. La barre ne bougea pas. Walcott, qui venait juste de se peser, était là aussi, au milieu d'un tas de gens.

« Voyons voir ce que tu pèses, Jack, dit Freedman, le manager de Walcott.

1. *Quarter* : pièce de 25 cents.
2. *A pound* : 0,45 kg.

"All right, weigh *him* then," Jack jerked his head toward Walcott.

"Drop the towel," Freedman said.

"What do you make it?" Jack asked the fellows who were weighing.

"One hundred and forty-three pounds," the fat man who was weighing said.

"You're down fine, Jack," Freedman says.

"Weigh *him*," Jack says.

Walcott came over. He was a blond with wide shoulders and arms like a heavyweight. He didn't have much legs. Jack stood about half a head taller than he did.

"Hello, Jack," he said. His face was plenty marked up.

"Hello," said Jack. "How you feel?"

"Good," Walcott says. He dropped the towel from around his waist and stood on the scales. He had the widest shoulders and back you ever saw.

"One hundred and forty-six pounds and twelve ounces."

Walcott stepped off and grinned at Jack.

"Well," John says to him, "Jack's spotting you about four pounds."

"More than that when I come in, kid," Walcott says. "I'm going to go and eat now."

We went back and Jack got dressed. "He's a pretty tough-looking boy," Jack says to me.

"He looks as though he'd been hit plenty of times."

— Je veux bien, mais *lui* après, dit Jack en désignant Walcott d'un coup de menton.

— Ôte ta serviette, dit Freedman.

— Combien que ça fait? demanda Jack aux gars qui le pesaient.

— Soixante-quatre sept cents, répondit le gros type qui le pesait.

— C'est bien, ça, Jack, dit Freedman.

— À *lui*», dit Jack.

Walcott s'approcha. C'était un blond aux larges épaules et aux bras de poids lourd. Il n'avait pas beaucoup de jambes. Jack était plus grand que lui de près d'une demi-tête.

«Salut, Jack», dit-il. Sa figure était couverte de cicatrices.

«Salut, dit Jack. Ça va?

— Oui», dit Walcott. Il défit sa serviette autour de sa taille et monta sur la balance. Il avait les épaules et le dos les plus larges qu'on ait jamais vus.

«Soixante-six cinq cents[1].»

Walcott descendit et se tourna vers Jack en ricanant.

«Tu vois, lui dit John, Jack te rend près de deux kilos.

— Ça fera plus que ça tout à l'heure, mon vieux, dit Walcott. Je vais manger, maintenant.»

On retourna au vestiaire, et Jack s'habilla. «Il a l'air méchant, me dit-il.

— On dirait qu'il s'est fait moucher plus d'une fois.

1. *An ounce*: 28 g.

"Oh, yes," Jack says. "He ain't hard to hit."

"Where are you going?" John asked when Jack was dressed.

"Back to the hotel," Jack says. "You looked after everything?"

"Yes," John says. "It's all looked after."

"I'm going to lie down a while," Jack says.

"I'll come around for you about a quarter to seven and we'll go and eat."

"All right."

Up at the hotel Jack took off his shoes and his coat and lay down for a while. I wrote a letter. I looked over a couple of times and Jack wasn't sleeping. He was lying perfectly still but every once in a while his eyes would open. Finally he sits up.

"Want to play some cribbage, Jerry?" he says.

"Sure," I said.

He went over to his suitcase and got out the cards and the cribbage board. We played cribbage and he won three dollars off me. John knocked at the door and came in.

"You want to play some cribbage, John?" Jack asked him.

John put his hat down on the table. It was all wet. His coat was wet too.

"Is it raining?" Jack asks.

— Oh oui, dit Jack. C'est pas difficile de le moucher.

— Où allez-vous ? demanda John lorsque Jack fut prêt.

— On retourne à l'hôtel, dit Jack. Tu t'es occupé de tout ?

— Oui, dit John. Tout est arrangé.

— Je vais me coucher un moment, dit Jack.

— Je passerai vous prendre vers sept heures moins le quart pour aller dîner.

— Entendu. »

Une fois à l'hôtel, Jack retira ses chaussures et sa veste et s'étendit sur le lit. Je m'étais mis à écrire une lettre. Une fois ou deux je levai la tête et regardai du côté de Jack. Il ne dormait pas, mais il restait là sans bouger, sauf ses yeux qui s'ouvraient de temps à autre. Finalement, il se mit sur son séant.

« Une partie de cribbage[1], Jerry ? dit-il.

— Si tu veux », dis-je.

Il alla ouvrir sa valise et en retira des cartes et le tableau de cribbage. On joua, et il me gagnait trois dollars quand John frappa à la porte et entra.

« Tu joues au cribbage, John ? » lui demanda Jack.

John posa son galurin sur la table ; il était tout mouillé. Sa veste aussi était mouillée.

« Il pleut ? demanda Jack.

---

1. *Cribbage* : jeu de cartes où les points sont inscrits sur une planche.

"It's pouring," John says. "The taxi I had got tied up in the traffic and I got out and walked."

"Come on, play some cribbage," Jack says.

"You ought to go and eat."

"No," says Jack. "I don't want to eat yet."

So they played cribbage for about half an hour and Jack won a dollar and a half off him.

"Well, I suppose we got to go eat," Jack says. He went to the window and looked out.

"Is it still raining?"

"Yes."

"Let's eat in the hotel," John says.

"All right," Jack says, "I'll play you once more to see who pays for the meal."

After a little while Jack gets up and says, "You buy the meal, John," and we went downstairs and ate in the big dining-room.

After we ate we went upstairs and Jack played cribbage with John again and won two dollars and a half off him. Jack was feeling pretty good. John had a bag with him with all his stuff in it. Jack took off his shirt and collar and put on a jersey and a sweater, so he couldn't catch cold when he came out, and put his ring clothes and his bathrobe in a bag.

"You all ready?" John asks him. "I'll call up and have them get a taxi."

Pretty soon the telephone rang and they said the taxi was waiting.

We rode down in the elevator and went out through the lobby, and got in a taxi and rode around to the Garden. It was raining hard but there was a lot of people outside on the streets.

— À verse, répondit John. Mon taxi s'est retrouvé coincé dans un bouchon et j'ai préféré descendre et venir à pied.

— Allez, viens jouer au cribbage, dit Jack.

— Tu devrais aller manger.

— Non, dit Jack. Pas tout de suite. »

Ils se mirent à jouer. Au bout d'une demi-heure, Jack avait gagné un dollar et demi.

« Allons, dit-il, faudrait tout de même dîner. » Il s'approcha de la fenêtre et regarda dehors.

« Est-ce qu'il pleut toujours ?

— Oui.

— Si on mangeait à l'hôtel ? dit John.

— C'est une idée, dit Jack. Je te joue le dîner. »

Après un moment il se leva et dit : « C'est toi qui paies, John. » Et on descendit dans la grande salle à manger.

Après avoir dîné, on remonta et Jack recommença de jouer au cribbage avec John et gagna deux dollars et demi, ce qui le mit de bonne humeur. John avait un sac avec toutes les affaires de Jack dedans. Jack ôta son col, sa chemise et passa un tricot et un chandail — de façon à ne pas prendre froid en sortant. Puis il fourra dans un sac ses affaires de boxe et un peignoir.

« Tu es prêt ? lui demanda John. Je vais leur dire d'appeler un taxi. »

Peu après, la sonnette du téléphone retentit, et on nous avertit qu'un taxi était en bas.

Nous prîmes l'ascenseur, traversâmes le hall, montâmes dans le taxi et partîmes pour le Garden. Il pleuvait fort, mais il y avait beaucoup de monde dans les rues.

The Garden was sold out. As we came in on our way to the dressing-room I saw how full it was. It looked like half a mile down to the ring. It was all dark. Just the lights over the ring.

"It's a good thing, with this rain, they didn't try and pull this fight in the ball park," John said.

"They got a good crowd," Jack says.

"This is a fight that would draw a lot more than the Garden could hold."

"You can't tell about the weather," Jack says.

John came to the door of the dressing-room and poked his head in. Jack was sitting there with his bathrobe on, he had his arms folded and was looking at the floor. John had a couple of handlers with him. They looked over his shoulder. Jack looked up.

"Is he in?" he asked.

"He's just gone down," John said.

We started down. Walcott was just getting into the ring. The crowd gave him a big hand. He climbed through between the ropes and put his two fists together and smiled, and shook them at the crowd, first at one side of the ring, then at the other, and then sat down. Jack got a good hand coming down through the crowd. Jack is Irish and the Irish always get a pretty good hand. An Irishman don't draw in New York like a Jew or an Italian but they always get a good hand.

Le Garden était plein à craquer[1]. Et tandis que nous nous rendions au vestiaire je pus voir à quel point c'était comble. Le ring avait l'air d'être à un kilomètre. Tout était noir. Il n'y avait de la lumière que sur le ring.

«Avec cette pluie, heureusement qu'ils n'ont pas eu l'idée de donner le combat au stade, dit John.

— C'est la foule, dit Jack.

— Un combat comme ça amène bien plus de monde que le Garden peut en contenir.

— On ne peut jamais savoir le temps qu'il va faire», dit Jack.

John arriva à la porte du vestiaire et y passa la tête. Il trouva Jack en peignoir, assis les bras croisés et considérant le plancher. John était accompagné de deux soigneurs qui cherchaient à voir par-dessus son épaule. Jack leva la tête.

«Il y est? demanda-t-il.

— Il vient de descendre», dit John.

On sortit du vestiaire, Walcott était en train de grimper sur le ring, et la foule y allait de ses bravos. Il passa à travers les cordes, rapprocha ses deux poings et les montra à la foule en souriant, se tournant d'un côté du ring, puis de l'autre. Il s'assit. Jack récolta aussi pas mal de bravos en descendant parmi les spectateurs. Il est irlandais et les Irlandais sont toujours bien reçus. À New York, un Irlandais ne fait certes pas recette comme un juif ou un Italien, mais il est toujours bien reçu.

---

1. *Sold out* : complet.

Jack climbed up and bent down to go through the ropes and Walcott came over from his corner and pushed the rope down for Jack to go through. The crowd thought that was wonderful. Walcott put his hand on Jack's shoulder and they stood there just for a second.

"So you're going to be one of these popular champions," Jack says to him. "Take your goddam hand off my shoulder."

"Be yourself," Walcott says.

This is all great for the crowd. How gentlemanly the boys are before the fight. How they wish each other luck.

Solly Freedman came over to our corner while Jack is bandaging his hands and John is over in Walcott's corner. Jack puts his thumb through the slit in the bandage and then wrapped his hands nice and smooth. I taped it around the wrist and twice across the knuckles.

"Hey," Freedman says. "Where do you get all that tape?"

"Feel of it," Jack says. "It's soft, ain't it? Don't be a hick."

Freedman stands there all the time while Jack bandages the other hand and one of the boys that's going to handle him brings the gloves and I pull them on and work them around.

"Say, Freedman," Jack asks, "what nationality is this Walcott?"

"I don't know," Solly says. "He's some sort of a Dane."

"He's a Bohemian," the lad who brought the gloves said.

Jack grimpa, puis se pencha pour passer à travers les cordes ; et, pendant qu'il passait, Walcott se leva de son coin et s'approcha pour baisser la corde. La foule trouva ça très chic. Walcott mit la main sur l'épaule de Jack et ils restèrent ainsi pendant une seconde.

« Tu vas devenir un de ces champions bien populaires, lui dit Jack. Enlève ta sale patte de mon épaule.

— Allons, dit Walcott. Fais pas le méchant. »

Tout ça plaisait au populo. Quelle courtoisie ils ont ces types-là avant le combat ! Regardez-les se souhaiter bonne chance.

John alla dans le coin de Walcott et Solly Freedman s'approcha du nôtre tandis que Jack commençait à bander ses mains. Il passa le pouce dans un trou de la bandelette et enveloppa ses mains comme il faut, bien lisses. Puis j'enroulai le chatterton autour des poignets et le fis passer deux fois sur les jointures des doigts.

« Hé ! dit Freedman, pas tant de chatterton !

— Touche, dit Jack. Est-ce que c'est mou, oui ou non, espèce de pedzouille ? »

Freedman resta là à regarder Jack qui bandait son autre main. Puis un de nos soigneurs passa les gants que je lui mis et je commençai à les lacer.

« Dis donc, Freedman, demanda Jack. De quel pays est-il ce Walcott ?

— Je ne sais pas, dit Solly. Du Danemark, ou quelque chose comme ça.

— Il est de Bohême », dit le type qui venait d'apporter les gants.

The referee called them out to the center of the ring and Jack walks out. Walcott comes out smiling. They met and the referee put his arm on each of their shoulders.

"Hello, popularity," Jack says to Walcott.

"Be yourself."

"What do you call yourself 'Walcott' for?" Jack says. "Didn't you know he was a nigger?"

"Listen—" says the referee, and he gives them the same old line. Once Walcott interrupts him. He grabs Jack's arms and says, "Can I hit when he's got me like this?"

"Keep your hands off me," Jack says. "There ain't no moving-pictures of this."

They went back to their corners. I lifted the bathrobe off Jack and he leaned on the ropes and flexed his knees a couple of times and scuffed his shoes in the rosin. The gong rang and Jack turned quick and went out. Walcott came toward him and they touched gloves and as soon as Walcott dropped his hands Jack jumped his left into his face twice. There wasn't anybody ever boxed better than Jack. Walcott was after him, going forward all the time with his chin on his chest. He's a hooker and he carries his hands pretty low. All he knows is to get in there and sock. But every time he gets in there close, Jack has the left hand in his face. It's just as though it's automatic. Jack just raises the left hand up and it's in Walcott's face.

L'arbitre les appela au centre du ring et Jack se leva. Walcott s'approchait en souriant. Ils étaient face à face et l'arbitre posa une main sur l'épaule de chacun d'eux.

« Salut popularité, dit Jack à Walcott.

— Fais pas le méchant.

— Pourquoi tu te fais appeler Walcott ? dit Jack. Tu ne sais pas que c'était un nègre ?

— Écoutez-moi », dit l'arbitre, qui se met à leur débiter son boniment. À un moment, Walcott l'interrompt et attrape le bras de Jack en disant : « S'il me tient comme ça est-ce que je peux le toucher ?

— Bas les pattes, dit Jack. Y a pas de cinéma ici. »

Ils retournèrent dans leurs coins. J'enlevai le peignoir des épaules de Jack. Il s'appuya aux cordes, fléchit les genoux deux ou trois fois et frotta ses chaussons dans la résine. Le gong retentit. Jack se tourna d'un mouvement vif et s'avança. Walcott vint à lui. Ils se touchèrent le gant et aussitôt que Walcott eut baissé les mains Jack lui envoya deux fois son gauche dans la figure. Y a jamais eu personne qui sache mieux boxer que Jack. Walcott le poursuivait, avançant tout le temps, le menton sur la poitrine. C'est un crocheteur. Sa garde est basse et tout ce qu'il sait faire, c'est vous rentrer dedans et cogner, mais chaque fois qu'il s'approche Jack lui envoie son gauche dans la figure. On dirait que c'est automatique. Jack lève la main gauche et la voilà dans la figure de Walcott.

Three or four times Jack brings the right over but Walcott gets it on the shoulder or high up on the head. He's just like all these hookers. The only thing he's afraid of is another one of the same kind. He's covered everywhere you can hurt him. He don't care about a left-hand in his face.

After about four rounds Jack has him bleeding bad and his face all cup up, but every time Walcott's got in close he's socked so hard he's got two big red patches on both sides just below Jack's ribs. Every time he gets in close, Jack ties him up, then gets one hand loose and uppercuts him, but when Walcott gets his hands loose he socks Jack in the body so they can hear it outside in the street. He's a socker.

It goes along like that for three rounds more. They don't talk any. They're working all the time. We worked over Jack plenty too, in between the rounds. He don't look good at all but he never does much work in the ring. He don't move around much and that left-hand is just automatic. It's just like it was connected with Walcott's face and Jack just had to wish it in every time. Jack is always calm in close and he doesn't waste any juice. He knows everything about working in close too and he's getting away with a lot of stuff. While they were in our corner I watched him tie Walcott up, get his right hand loose, turn it and come up with an uppercut that got Walcott's nose with the heel of the glove.

Trois ou quatre fois Jack suit du droit, mais Walcott le reçoit sur l'épaule ou sur le haut du crâne. Il est comme tous ces crocheteurs : la seule chose qu'il craigne c'est d'en rencontrer un comme lui. Partout où on peut le toucher il est couvert. Il se moque bien d'un poing gauche dans sa figure.

Jack lui avait ouvert la figure en plusieurs endroits et vers le quatrième round il saignait dur, mais chaque fois que Walcott pouvait s'approcher de Jack il cognait, et si fort qu'il lui avait fait deux grandes marques rouges sur les flancs, juste au-dessous des côtes. À chaque corps à corps Jack le tenait, dégageait une main et lui filait un uppercut. Mais quand Walcott s'était dégagé à son tour, il travaillait Jack au corps de telle sorte qu'on aurait pu l'entendre de la rue. C'est un cogneur.

Et ça continue comme ça pendant trois rounds de plus. Ils ne parlent pas. Ils travaillent tout le temps. Et nous aussi entre les rounds on avait notre part de travail à faire avec Jack. Il n'a pas bonne allure mais jamais il ne s'est beaucoup remué sur le ring. Il ne bouge guère, et cette main gauche a l'air automatique. On dirait qu'elle est reliée à la figure de Walcott et que Jack n'a simplement qu'à vouloir. Jack reste calme et ne gaspille pas sa sueur dans les corps à corps. C'est qu'il sait y faire dans les corps à corps et il s'en tire à son avantage. À un moment, ils étaient dans notre coin, je le vis tenir Walcott, dégager le poing droit, le tourner et lancer à Walcott un de ces uppercuts qui lui rabota le nez avec le dos du gant.

Walcott was bleeding bad and leaned his nose on Jack's shoulder so as to give Jack some of it too, and Jack sort of lifted his shoulder sharp and caught him against the nose, and then brought down the right hand and did the same thing again.

Walcott was sore as hell. By the time they'd gone five rounds he hated Jack's guts. Jack wasn't sore; that is, he wasn't any sorer than he always was. He certainly did used to make the fellows he fought hate boxing. That was why he hated Kid Lewis so. He never got the Kid's goat. Kid Lewis always had about three new dirty things Jack couldn't do. Jack was as safe as a church all the time he was in there, as long as he was strong. He certainly was treating Walcoot rough. The funny thing was it looked as though Jack was an open classic boxer. That was because he had all that stuff too.

After the seventh round Jack says, "My left's getting heavy."

From then he started to take a beating. I didn't show at first. But instead of him running the fight it was Walcott was running it, instead of being safe all the time now he was in trouble. He couldn't keep him out with the left hand now. It looked as though it was the same as ever, only now instead of Walcott's punches just missing him they were just hitting him. He took an awful beating in the body.

"What's the round?" Jack asked.

"The eleventh."

Le sang se mit à pisser et Walcott appuya le nez sur l'épaule de Jack comme pour lui passer un peu de son sang. Jack donna de l'épaule une espèce de secousse sur son nez, puis il ramena le poing droit et recommença le même coup.

Walcott était en rogne comme pas deux et au bout de cinq rounds, il haïssait Jack jusqu'aux tripes. Jack ne fumait pas, lui ; c'est-à-dire qu'il ne fumait pas plus que d'habitude. Ah ! pour dégoûter de la boxe les types qui se battaient avec lui, sûrement qu'il avait le chic. C'est pourquoi il en voulait tant à Kid Lewis. Jamais il n'avait pu le mettre en rogne. Kid arrivait toujours avec deux ou trois sales trucs que Jack ne connaissait pas. Tant que Jack y allait comme ça et tant qu'il était solide, il était autant en sécurité que dans une église. Et on peut dire qu'il y allait fort avec Walcott. Ce qu'il y a de rigolo c'est qu'on l'aurait pris pour un boxeur classique. Il possédait toutes les combines.

À la fin du septième round, il dit : «Mon gauche devient lourd. »

À partir de ce moment-là, il commença d'encaisser. Ça ne se vit pas tout de suite. Mais au lieu que ce soit lui qui mène la danse, c'était au tour de Walcott, au lieu d'être en sécurité, il était maintenant en difficulté. Il ne pouvait plus l'écarter de la main gauche. Ç'avait toujours l'air d'être la même chose, seulement au lieu que les châtaignes de Walcott passent à côté elles ne le rataient plus, désormais. Il reçut de terribles coups dans les côtes.

«Quel round ? demanda-t-il.

— Le onzième.

"I can't stay," Jack says. "My legs are going bad."

Walcott had been just hitting him for a long time. It was like a baseball catcher pulls the ball and takes some of the shock off. From now on Walcott commenced to land solid. He certainly was a socking-machine. Jack was just trying to block everything now. It didn't show what an awful beating he was taking. In between the rounds I worked on his legs. The muscles would flutter under my hands all the time I was rubbing them. He was sick as hell.

"How's it go?" he asked John, turning around, his face all swollen.

"It's his fight."

"I think I can last," Jack says. "I don't want this bohunk to stop me."

It was going just the way he thought it would. He knew he couldn't beat Walcott. He wasn't strong any more. He was all right though. His money was all right and now he wanted to finish it off right to please himself. He didn't want to be knocked out.

The gong rang and we pushed him out. He went out slow. Walcott came right out after him. Jack put the left in his face and Walcott took it, came in under it and started working on Jack's body. Jack tried to tie him up and it was just like trying to hold onto a buzz-saw. Jack broke away from it and missed with the right. Walcott clipped him with a left-hook and Jack went down.

— Je ne pourrai pas tenir, dit-il. Mes jambes ne vont pas. »

Jusqu'à présent, Walcott l'avait simplement touché, Jack faisait comme le joueur de base-ball qui accompagne la balle qu'il reçoit pour affaiblir la force du choc. Mais maintenant, Walcott commençait de taper ferme. C'était une vraie machine à cogner. Jack essayait juste de bloquer les coups. Mais on ne se rendait pas compte de la terrible raclée qu'il était en train de recevoir. Entre les rounds je m'occupais de ses jambes et je sentais tout en les massant les muscles qui tremblaient sous mes mains. Il avait la rame.

« Où ça en est[1] ? demanda-t-il en se tournant vers John, le visage tout enflé.

— C'est lui qui mène.

— Je crois que je pourrai tenir, dit Jack. C'est pas ce romanichel-là qui va m'arrêter. »

Tout marchait comme il s'y attendait. Il savait bien qu'il ne pourrait pas battre Walcott. Il n'en avait plus la force. Fallait pas se plaindre pourtant. Son argent était au chaud et il ne restait plus qu'à en finir à son idée. Pas de knock-out.

Le gong tinta et nous poussâmes Jack. Il s'éloigna lentement. Walcott vint droit à lui. Jack lui envoya son gauche dans la figure. Walcott le reçut, se dégagea par en dessous et commença de travailler Jack au corps. Jack essaya de l'arrêter mais autant s'accrocher à une scie mécanique. Il s'arracha de là, manqua du droit et reçut de Walcott un crochet du gauche qui le fit rouler à terre.

---

1. *How's it go ?* : *How is it going ?*

He went down on his hands and knees and looked at us. The referee started counting. Jack was watching us and shaking his head. At eight John motioned to him. You couldn't hear on account of the crowd. Jack got up. The referee had been holding Walcott back with one arm while he counted.

When Jack was on his feet Walcott started toward him.

"Watch yourself, Jimmy," I heard Solly Freedman yell to him.

Walcott came up to Jack looking at him. Jack stuck the left hand at him. Walcott just shook his head. He backed Jack up against the ropes, measured him and then hooked the left very light to the side of Jack's head and socked the right into the body as hard as he could sock, just as low as he could get it. He must have hit him five inches below the belt. I thought the eyes would come out of Jack's head. They stuck way out. His mouth come open.

The referee grabbed Walcott. Jack stepped forward. If he went down there went fifty thousand bucks. He walked as though all his insides were going to fall out.

"It wasn't low," he said. "It was an accident."

The crowd were yelling so you couldn't hear anything.

"I'm all right," Jack says. They were right in front of us. The referee looks at John and then he shakes his head.

Il tomba sur les mains et sur les genoux et nous regarda. L'arbitre commença de compter. Jack nous regardait et secouait la tête. À huit, John lui fit signe. On ne pouvait pas s'entendre à cause de la foule. Jack se leva. L'arbitre avait retenu Walcott d'un bras pendant tout le temps qu'il comptait.

Quand Jack fut sur pied, Walcott s'avança vers lui.

J'entendis Solly Freedman lui crier : « Fais attention, Jimmy. »

Walcott s'approcha de Jack en le regardant. Jack le toucha du poing gauche. Walcott secoua simplement la tête et accula Jack aux cordes. Il le mesura de l'œil, envoya un très léger crochet du gauche sur le côté de la tête de Jack et tapa au corps du droit, aussi fort qu'il pouvait taper, aussi bas qu'il pouvait taper. Il avait bien dû toucher Jack à cinq pouces[1] au-dessous de la ceinture. Je crus que les yeux de Jack allaient lui sortir des orbites. Ils jaillissaient. Sa bouche s'ouvrit.

L'arbitre retint Walcott. Jack avança d'un pas. S'il tombait, cinquante mille dollars tombaient avec lui. Il marchait comme si tous ses boyaux allaient lui sortir du ventre.

« C'était pas trop bas, dit-il. C'est un accident. »

Le populo hurlait tellement qu'on ne pouvait rien entendre.

« Ça va », dit Jack. Ils étaient tous deux en face de nous. L'arbitre regarda John, puis il hocha la tête.

---

1. *An inch* : 2,54 centimètres.

"Come on, you polak son-of-a-bitch," Jack says to Walcott.

John was hanging onto the ropes. He had the towel ready to chuck in. Jack was standing just a little way out from the ropes. He took a step forward. I saw the sweat come out on his face like somebody had squeezed it and a big drop went down his nose.

"Come on and fight," Jack says to Walcott.

The referee looked at John and waved Walcott on.

"Go in there, you slob," he says.

Walcott went in. He didn't know what to do either. He never thought Jack could have stood it. Jack put the left in his face. There was such a hell of a lot of yelling going on. They were right in front of us. Walcott hit him twice. Jack's face was the worst thing I ever saw — the look on it! He was holding himself and all his body together and it all showed on his face. All the time he was thinking and holding his body in where it was busted.

Then he started to sock. His face looked awful all the time. He started to sock with his hands low down by his side, swinging at Walcott. Walcott covered up and Jack was swinging wild at Walcott's head. Then he swung the left and it hit Walcott in the groin and the right hit Walcott right bang where he'd hit Jack. Way below the belt.

«Amène-toi, putain de polak», dit Jack à Walcott.

John était accroché aux cordes, l'éponge[1] à la main, prêt à la flanquer sur le ring. Jack se trouvait juste un peu en avant des cordes. Il s'avança d'un pas. Je vis la sueur couler sur son visage comme si quelqu'un l'avait pressé et de grosses gouttes ruisselaient le long de son nez.

«Viens te battre», dit-il à Walcott.

L'arbitre regarda John, puis fit signe à Walcott d'y aller.

«Vas-y, espèce de brute», dit-il.

Walcott s'avança. Lui non plus ne savait que faire. Jamais il n'aurait cru que Jack allait encaisser ça. Jack lui envoya son gauche au visage. Les hurlements redoublaient. Ils étaient tous les deux en face de nous. Walcott toucha Jack deux fois. La figure de Jack était la plus effrayante que j'aie jamais vue. Cet air qu'il avait! Il faisait un effort sur lui-même et sur tout son corps et cet effort se lisait sur son visage. Il pensait tout le temps à retenir son ventre déchiré.

Puis il se mit à cogner. Sa figure avait un air sauvage. Il se mit à cogner, les mains basses, menaçant la tête de Walcott. Walcott se couvrait et Jack lui balançait ses poings vers la tête, comme un fou. Puis il lui lança son gauche à l'aine et, du droit, le toucha aussi bas que l'autre l'avait touché. Bien en dessous de la ceinture.

---

1. *Towel*: serviette. Le «jet de l'éponge» signifie l'abandon du boxeur.

Walcott went down and grabbed himself there and rolled and twisted around.

The referee grabbed Jack and pushed him toward his corner. John jumps into the ring. There was all this yelling going on. The referee was talking with the judges and then the announcer got into the ring with the megaphone and says, "Walcott on a foul."

The referee is talking to John and he says, "What could I do? Jack wouldn't take the foul. Then when he's groggy he fouls him."

"He'd lost it anyway," John says.

Jack's sitting on the chair. I've got his gloves off and he's holding himself in down there with both hands. When he's got something supporting it his face doesn't look so bad.

"Go over and say you're sorry," John says into his ear. "It'll look good."

Jack stands up and the sweat comes out all over his face. I put the bathrobe around him and he holds himself with one hand under the bathrobe and goes across the ring. They've picked Walcott up and they're working on him. There's a lot of people in Walcott's corner. Nobody speaks to Jack. He leans over Walcott.

"I'm sorry," Jack says. "I didn't mean to foul you."

Walcott doesn't say anything. He looks too damned sick.

"Well, you're the champion now," Jack says to him. "I hope you get a hell of a lot of fun out of it."

"Leave the kid alone," Solly Freedman says.

Walcott tomba à terre et s'attrapa le ventre à deux mains, se roulant et se tordant sur lui-même.

L'arbitre s'empara de Jack et le poussa dans son coin. John sauta sur le ring. Les clameurs redoublèrent. L'arbitre se concerta avec les juges, puis le speaker monta sur le ring avec un porte-voix. « Walcott ! proclama-t-il. Par disqualification. »

L'arbitre se tourna vers John. « Qu'est-ce que je pouvais faire ? lui dit-il. Jack n'a pas voulu prendre le coup bas. Et quand il est groggy c'est lui qui donne un coup bas.

— N'importe comment, il avait perdu », répondit John.

Jack est sur sa chaise. Je lui ai retiré ses gants et il se tient le bas du ventre à deux mains. Appuyée sur quelque chose, sa figure n'a pas l'air en trop mauvais état.

« Va leur dire un mot d'excuse, lui glisse John à l'oreille. Ça fera bon effet. »

Jack se lève. La sueur perle aussitôt sur tout son visage. Je lui pose son peignoir sur les épaules, et il traverse le ring, se tenant le ventre d'une main sous le peignoir. On a relevé Walcott et on s'occupe de le soigner. Il y a un tas de gens dans son coin. Personne ne parle à Jack. Il se penche sur Walcott.

« Excuse-moi, lui dit-il. Je ne l'ai pas fait exprès. »

Walcott ne répond rien tellement il est mal foutu.

« Te v'là champion maintenant, lui dit Jack. J'espère que ça te donnera l'occasion de rigoler.

— Laisse-le tranquille, dit Solly Freedman.

"Hello, Solly," Jack says. "I'm sorry I fouled your boy."

Freedman just looks at him.

Jack went to his corner walking that funny jerky way and we got him down through the ropes and through the reporters' tables and out down the aisle. A lot of people want to slap Jack on the back. He goes out through all that mob in his bathrobe to the dressing-room. It's a popular win for Walcott. That's the way the money was bet in the Garden.

Once we got inside the dressing-room Jack lay down and shut his eyes.

"We want to get to the hotel and get a doctor," John says.

"I'm all busted inside," Jack says.

"I'm sorry as hell, Jack," John says.

"It's all right," Jack says.

He lies there with his eyes shut.

"They certainly tried a nice double-cross," John said.

"Your friends Morgan and Steinfelt," Jack said. "You got nice friends."

He lies there, his eyes are open now. His face has still got that awful drawn look.

"It's funny how fast you can think when it means that much money," Jack says.

"You're some boy, Jack," John says.

"No," Jack says. "It was nothing."

— Mon vieux Solly, dit Jack, je suis désolé de lui avoir donné un coup bas, à ton poulain. »

Freedman le regarde sans répondre.

Jack revient dans son coin en marchant d'une drôle de manière, toute saccadée. On le fait passer entre les cordes, puis parmi les tables des journalistes et on l'emmène en le guidant à travers l'allée. Des tas de gens essaient de lui donner au passage une tape sur l'épaule. Lui, en peignoir, passe au milieu de toute cette foule et se dirige vers le vestiaire. C'est une victoire populaire que celle de Walcott. C'est sur lui que le Garden avait parié.

Quand on arriva au vestiaire, Jack s'étendit et ferma les yeux.

« Faut rentrer à l'hôtel et faire venir un médecin, dit John.

— J'ai quelque chose de pété dans le ventre, dit Jack.

— Ça m'embête pour toi, Jack, bon Dieu, dit John.

— C'est rien que ça », dit Jack.

Il reste allongé, les yeux clos.

« Ils ont voulu nous doubler en beauté, dit John.

— C'est tes copains Morgan et Steinfelt, dit Jack. De beaux copains que t'as là. »

Ses yeux sont ouverts maintenant. Mais sa figure reste horriblement tirée.

« C'est rigolo ce qu'on peut penser vite quand il s'agit de tant d'argent que ça, dit-il.

— T'es un type, Jack, lui dit John.

— Non, dit Jack. C'était rien. »

The Undefeated

L'invincible

Manuel Garcia climbed the stairs to Don Miguel Retana's office. He set down his suitcase and knocked on the door. There was no answer. Manuel, standing in the hallway, felt there was some one in the room. He felt it through the door.

"Retana," he said, listening.

There was no answer.

He's there, all right, Manuel thought.

"Retana," he said and banged the door.

"Who's there?" said some one in the office.

"Me, Manolo," Manuel said.

"What do you want?" asked the voice.

"I want to work," Manuel said.

Something in the door clicked several times and it swung open. Manuel went in, carrying his suitcase.

A little man sat behind a desk at the far side of the room.

Manuel Garcia, ayant gravi les étages qui menaient au bureau de Don Miguel Retana, posa sa valise à terre et frappa à la porte. Il ne reçut pas de réponse. Manuel, debout sur le palier, sentait pourtant qu'il y avait quelqu'un dans la pièce. Il le sentait à travers la porte.

«Retana», fit-il, prêtant l'oreille.

Pas de réponse.

Tu es pourtant là, mon vieux, se disait Manuel.

«Retana!» reprit-il, et il donna de grands coups sur la porte.

«Qu'est-ce que c'est? dit une voix à l'intérieur du bureau.

— C'est moi, Manolo, dit Manuel.

— Qu'est-ce que tu veux? demanda la voix.

— Du travail», répondit Manuel.

Il entendit le bruit d'un verrou qu'on tournait plusieurs fois, puis la porte s'ouvrit. Manuel entra, sa valise à la main.

Un homme de courte taille se rasseyait à l'autre bout de la pièce, derrière un bureau.

Over his head was a bull's head, stuffed by a Madrid taxidermist; on the walls were framed photographs and bullfight posters.

The little man sat looking at Manuel.

"I thought they'd killed you," he said.

Manuel knocked with his knuckles on the desk. The little man sat looking at him across the desk.

"How many corridas you had this year?" Retana asked.

"One," he answered.

"Just that one?" the little man asked.

"That's all."

"I read about it in the papers," Retana said. He leaned back in the chair and looked at Manuel.

Manuel looked up at the stuffed bull. He had seen it often before. He felt a certain family interest in it. It had killed his brother, the promising one, about nine years ago. Manuel remembered the day. There was a brass plate on the oak shield the bull's head was mounted on. Manuel could not read it, but he imagined it was in memory of his brother. Well, he had been a good kid.

Au-dessus de lui se trouvait une tête de taureau, empaillée par un naturaliste de Madrid, et on voyait, sur les murs, des photographies dans leurs cadres et des affiches de corridas.

Le petit homme était assis et regardait Manuel.

«Je croyais qu'on t'avait tué», dit-il.

De ses doigts pliés, Manuel frappa sur le bois du bureau. Le petit homme assis l'observait de l'autre côté.

«Combien de corridas as-tu faites cette année? demanda Retana.

— Une, répondit Manuel.

— Rien que celle-ci? dit le petit homme.

— C'est tout.

— J'en ai lu l'histoire dans les journaux», fit Retana. Il se renversa sur sa chaise, regardant toujours Manuel.

Manuel considérait la tête empaillée. Il l'avait déjà vue bien des fois. Il éprouvait pour elle une sorte d'intérêt familial. C'était le taureau qui avait tué son frère, celui qui promettait tant, il y avait à peu près neuf ans de ça. Manuel se souvenait du jour. Au bas de l'écu de chêne sur lequel était montée la tête de l'animal, était fixée une plaque de cuivre. Manuel ne pouvait pas la lire, mais il imaginait que c'était en mémoire de son frère. Eh oui, un brave gars.

The plate said: "The Bull 'Mariposa' of the Duke of Veragua, which accepted 9 varas for 7 caballos, and caused the death of Antonio Garcia, Novillero, April 27, 1909."

Retana saw him looking at the stuffed bull's head.

"The lot the Duke sent me for Sunday will make a scandal," he said. "They're all bad in the legs. What do they say about them at the Café?"

"I don't know," Manuel said. "I just got in."

"Yes," Retana said. "You still have your bag."

He looked at Manuel, leaning back behind the big desk.

"Sit down," he said. "Take off your cap."

Manuel sat down; his cap off, his face was changed. He looked pale, and his coleta pinned forward on his head, so that it would not show under the cap, gave him a strange look.

"You don't look well," Retana said.

"I just got out of hospital," Manuel said.

"I heard they'd cut your leg off," Retana said.

"No," said Manuel. "It got all right."

Retana leaned forward across the desk and pushed a wooden box of cigarettes toward Manuel.

"Have a cigarette," he said.

"Thanks."

Manuel lit it.

1. *Varas*: coups de pique. Les notes concernant la tauromachie ont été établies à l'aide du glossaire constitué par Hemingway lui-même dans *Mort dans l'après-midi*.

La plaque disait que le taureau « Mariposa », duc de Veragua propriétaire, avait accepté 9 varas[1] pour 7 caballos[2], et causé la mort d'Antonio Garcia, novillero[3], le 27 avril 1909.

Retana vit qu'il regardait la tête empaillée.

« Le lot que le duc m'a envoyé pour dimanche va faire scandale, dit-il. Ils sont tous mauvais des jambes. Qu'est-ce qu'on en dit au Café ?

— Je ne sais pas, répondit Manuel. J'arrive juste.

— En effet, fit Retana. Tu as encore ta valise. »

Renversé derrière son grand bureau, il regardait Manuel.

« Assieds-toi, dit-il. Ôte donc ta casquette. »

Manuel s'assit ; sans coiffure, son visage n'était plus le même. Il paraissait pâle, et sa coleta[4], que des épingles maintenaient sur le haut de la tête de façon qu'elle n'apparût pas quand il avait sa casquette, lui donnait un air étrange.

« Tu as mauvaise mine, dit Retana.

— Je sors juste de l'hôpital, répondit Manuel.

— Quelqu'un me disait qu'on t'avait coupé la jambe, fit Retana.

— Non, dit Manuel. Tout s'est bien raccommodé. »

Retana se pencha sur son bureau et poussa une boîte en bois contenant des cigarettes vers Manuel.

« Une cigarette ? dit-il.

— Merci. »

Manuel l'alluma.

---

2. *Caballos* : chevaux.
3. *Novillero* : apprenti matador.
4. *Coleta* : courte natte portée derrière la tête par les toreros.

"Smoke?" he said, offering the match to Retana.

"No," Retana waved his hand. "I never smoke."

Retana watched him smoking.

"Why don't you get a job and go to work?" he said.

"I don't want to work," Manuel said. "I am a bull-fighter."

"There aren't any bull-fighters any more," Retana said.

"I'm a bull-fighter," Manuel said.

"Yes, while you're in there," Retana said.

Manuel laughed.

Retana sat, saying nothing and looking at Manuel.

"I'll put you in a nocturnal if you want," Retana offered.

"When?" Manuel asked.

"Tomorrow night."

"I don't like to substitute for anybody," Manuel said. That was the way they all got killed. That was the way Salvador got killed. He tapped his knuckles on the table.

"It's all I've got," Retana said.

"Why don't you put me on next week?" Manuel suggested.

"You wouldn't draw," Retana said. "All they want is Litri and Rubito and La Torre. Those kids are good."

"They'd come to see me get it," Manuel said, hopefully.

"No, they wouldn't. They don't know who you are any more."

"I've got a lot of stuff," Manuel said.

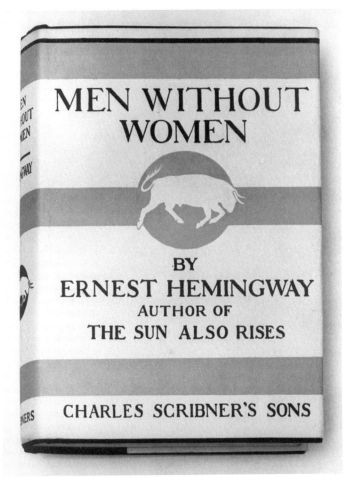

1 Première édition du recueil *Men without women*, 1927, dont sont tirées les nouvelles présentées dans ce volume.

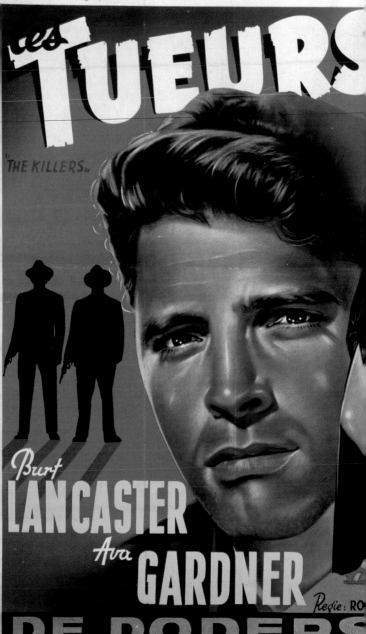

2, 3 Affiche et scène du film *Les Tueurs*, d'après la nouvelle éponyme, réalisation de Robert Siodmak, avec Burt Lancaster et Ava Gardner, 1946.

« – J'étais chez Henry's, dit Nick, deux types sont entrés et nous ont attachés, moi et le cuistot, et ont dit qu'ils allaient vous tuer. »

4 Affiche du film *À bout portant*, une autre adaptation de la même nouvelle, réalisation de Don Siegel, avec Lee Marvin, John Cassavetes, Angie Dickinson et Ronald Reagan, 1964.

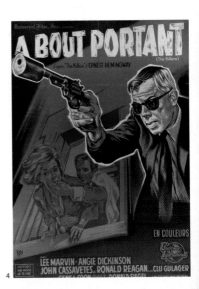

En 1926, Hemingway publie *Le soleil se lève aussi* qui fait de lui un écrivain à succès. Après la séparation d'avec Hadley, sa première femme, Hemingway épouse Pauline Pfeiffer le 10 mai 1927 à Paris. Il quitte aussi sa vie de bohème littéraire et se lance dans une existence nouvelle d'aisance et de célébrité.

5 Hemingway et Pauline Pfeiffer, en 1927, collection John F. Kennedy Library, Boston.

6 Hadley à Saint Louis en 1920, collection John F. Kennedy Library, Boston.

7 *La Closerie des Lilas*, vers 1925.

6

7

« C'était parfait. Il réussirait. Il n'y avait qu'à faire baisser la tête à ce taureau pour l'atteindre entre les cornes et le tuer. Il ne pensait ni à l'épée ni à l'acte de tuer qui viendrait ensuite. Il ne pensait qu'à une chose à la fois. »

8

8 *Portrait de A. Fuentes* par Ricardo Canals y Llambi, début du XXᵉ siècle, Barcelone, musée d'Art moderne.

9

« ... *se dressant sur la pointe des pieds, il visa le long de la lame en l'inclinant vers le point situé tout là-bas entre les épaules du taureau.*
Corto y derecho! *Il s'élança sur le taureau.* »

9 *Corrida : la mort du toréro*, peinture de Pablo Picasso, 1933, Paris, musée Picasso.

10

11

10 Hemingway
assistant à une corrida
à Madrid dans les
années 20, collection
John F. Kennedy Library,
Boston.

11 Luis Mazantini,
matador espagnol et
son quadrille, Séville,
fin du XIXe siècle.

12 La pose des
banderilles
lors d'une corrida.

« *Fuentes ne bougeait pas, toujours cambré, les pointes des
banderilles en avant. Quand le
taureau baissa la tête pour donner un coup de corne, Fuentes
plongea, réunit ses bras en l'air,
les deux mains rapprochées, les
banderilles comme deux flèches
rouges qui s'abattaient...* »

12

« Et ça continue comme ça pendant trois rounds de plus. Ils ne parlent pas. Ils travaillent tout le temps. Et nous aussi entre les rounds on avait notre part de travail à faire avec Jack. »

13 *Entre deux rounds*, peinture de Thomas C. Eakins, 1899, Philadelphia Museum of Art, Pennsylvanie.

14 *Madison Square Garden*, peinture de W. Louis Sonntag Jr, 1895, Museum of the City of New York.

15 La fin du combat entre Wells et Carpenter, Angleterre, décembre 1913.

« Walcott était en rogne comme pas deux et au bout de cinq rounds, il haïssait Jack jusqu'aux tripes. Jack ne fumait pas, lui ; c'est-à-dire qu'il ne fumait pas plus que d'habitude. Ah ! pour dégoûter de la boxe les types qui se battaient avec lui, sûrement qu'il avait le chic. »

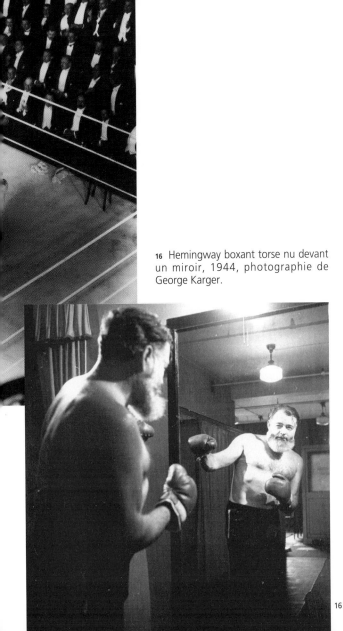

16 Hemingway boxant torse nu devant un miroir, 1944, photographie de George Karger.

16

17 *New York by night*, peinture de Christopher Richard Wynne Nevinson, 1922, collection particulière.

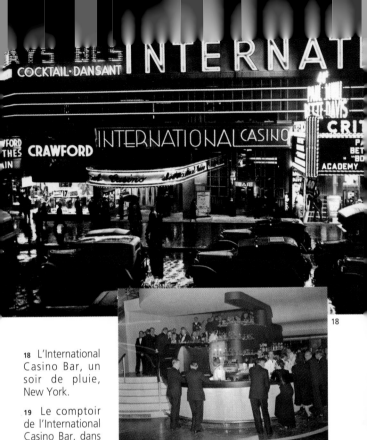

18 L'International Casino Bar, un soir de pluie, New York.

19 Le comptoir de l'International Casino Bar, dans les années 30.

« *Tous les trois, Jack Brennan, Soldier Bartlett et moi, nous étions chez Hanley's. Deux ou trois poules étaient assises à la table à côté de la nôtre et elles avaient l'air d'avoir siroté.* »

20 Hemingway et Sylvia Beach devant sa librairie mythique, *Shakespeare and Company*, Paris, 1928.

«Vous ne fumez pas? demanda-t-il, offrant l'allumette à Retana.

— Non, dit Retana en agitant la main. Jamais.»
Il regardait Manuel fumer.

«Pourquoi ne cherches-tu pas du travail? dit-il.

— Je ne veux pas travailler, répondit Manuel.
Je suis torero.

— Bah! les toreros, ça n'existe plus, dit Retana.

— Je suis torero, répéta Manuel.

— Oui, tant que tu es là-bas, fit Retana.»
Manuel se mit à rire.

Retana se rassit et, silencieux, regarda Manuel.

«Je peux te mettre dans une course de nuit si
ça te plaît, offrit Retana.

— Quand? demanda Manuel.

— Demain soir.

— Je voudrais pas prendre la place d'un autre»,
dit Manuel. C'est comme ça qu'ils se sont fait tuer,
tous. C'est comme ça que Salvator s'était fait tuer.
Il tapa la table du revers de son poing.

«C'est tout ce que j'ai à t'offrir, dit Retana.

— Et pourquoi pas la semaine prochaine? suggéra Manuel.

— Ça rapporterait pas, dit Retana. On ne veut
que de Litri et de Rubito et de La Torre. Ces petits-
là sont bons.

— On viendrait me voir y faire, dit Manuel,
plein d'espoir.

— Non, on ne viendrait pas. On t'a oublié.

— J'ai pourtant de l'estomac, dit Manuel.

"I'm offering to put you on tomorrow night," Retana said. "You can work with young Hernandez and kill two novillos after the Charlots."

"Whose novillos?" Manuel asked.

"I don't know. Whatever stuff they've got in the corrals. What the veterinaries won't pass in the daytime."

"I don't like to substitute," Manuel said.

"You can take it or leave it," Retana said. He leaned forward over the papers. He was no longer interested. The appeal that Manuel had made to him for a moment when he thought of the old days was gone. He would like to get him to substitute for Larita because he could get him cheaply. He could get others cheaply too. He would like to help him though. Still he had given him the chance. It was up to him.

"How much do I get?" Manuel asked. He was still playing with the idea of refusing. But he knew he could not refuse.

"Two hundred and fifty pesetas," Retana said. He had thought of five hundred, but when he opened his mouth it said two hundred and fifty.

"You pay Villalta seven thousand," Manuel said.

"You're not Villalta," Retana said.

— Je te propose de te prendre demain soir, dit Retana. Tu seras avec le petit Hernandez et tu auras deux novillos[1] à tuer après les Charlots[2].

— Les novillos de qui ? demanda Manuel.

— Je ne sais pas. Ce qu'il y aura dans les corrals. Ce que les vétérinaires ne laissent pas passer le jour.

— Je ne voudrais pas prendre la place d'un autre, dit Manuel.

— Si tu ne veux pas la prendre, laisse-la. » Et Retana se pencha sur ses papiers. Il ne s'intéressait plus à Manuel. Le mouvement de sympathie qu'il avait eu pendant une minute, en repensant aux vieux jours, s'était évanoui. Il voulait bien l'engager pour remplacer Larita parce qu'il ne le paierait pas cher. Mais il y en avait bien d'autres qu'il pouvait avoir pour pas grand-chose. Pourtant, il lui serait venu en aide volontiers. Enfin il lui avait offert une chance. À lui d'en profiter.

« Qu'est-ce que je gagnerais ? » demanda Manuel. Il était encore taquiné par l'envie de refuser. Mais il savait bien qu'il ne pouvait pas se le permettre.

« Deux cent cinquante pesetas », répondit Retana. Il avait pensé cinq cents, mais, en s'ouvrant, sa bouche avait dit d'elle-même : deux cent cinquante.

« Vous en donnez sept mille à Villalta ! dit Manuel.

— Tu n'es pas Villalta, dit Retana.

1. *Novillos* : taureaux jeunes ou présentant des problèmes physiques, utilisés dans les *novilladas* ou *corridas de novillos toros*.
2. Charlots : spectacle burlesque (du nom de Charlot, le personnage de Charlie Chaplin).

"I know it," Manuel said.

"He draws it, Manolo," Retana said in explanation.

"Sure," said Manuel. He stood up. "Give me three hundred, Retana."

"All right," Retana agreed. He reached in the drawer for a paper.

"Can I have fifty now?" Manuel asked.

"Sure," said Retana. He took a fifty-peseta note out of his pocket-book and laid it, spread out flat, on the table.

Manuel picked it up and put it in his pocket.

"What about a cuadrilla?" he asked.

"There's the boys that always work for me nights," Retana said. "They're all right."

"How about picadors?" Manuel asked.

"They're not much," Retana admitted.

"I've got to have one good pic," Manuel said.

"Get him then," Retana said. "Go and get him."

"Not out of this," Manuel said. "I'm not paying for any cuadrilla out of sixty duros."

Retana said nothing but looked at Manuel across the big desk.

"You know I've got to have one good pic," Manuel said.

— Je le sais, dit Manuel.

— Il me les gagne, Manolo, dit Retana en guise d'explication.

— Sans doute. » Manuel se leva. « Mettons trois cents, Retana.

— Ça va », approuva Retana. Il fouilla dans un tiroir pour y prendre du papier.

« Pouvez-vous me donner cinquante pesetas tout de suite ? demanda Manuel.

— Bien entendu », dit Retana. Il sortit de son portefeuille un billet de cinquante pesetas et le posa, grand ouvert, à plat sur la table.

Manuel le prit et le mit dans sa poche.

« Et la cuadrilla[1] ? demanda-t-il.

— Il y a les gars qui travaillent la nuit pour moi comme d'habitude, dit Retana. Ils ne sont pas mauvais.

— Et les picadors[2] ? demanda Manuel.

— Il n'y en a pas beaucoup, admit Retana.

— Il me faut un bon picador, dit Manuel.

— Cherches-en un alors, dit Retana. Va en chercher un.

— Pas avec ça, dit Manuel. Je ne vais pas payer une cuadrilla avec mes soixante douros[3]. »

Retana restait muet. De l'autre côté de son large bureau, il considérait Manuel.

« Vous savez bien qu'il me faut un bon picador », insista Manuel.

---

1. *Cuadrilla* : la troupe de toreros aux ordres du matador.
2. *Picadors* : le picador combat le taureau avec une pique sous les ordres du matador.
3. 1 douro : 5 pesetas.

Retana said nothing but looked at Manuel from a long way off.

"It isn't right," Manuel said.

Retana was still considering him, leaning back in his chair, considering him from a long way away.

"There're the regular pics," he offered.

"I know," Manuel said. "I know your regular pics."

Retana did not smile. Manuel knew it was over.

"All I want is an even break," Manuel said reasoningly. "When I go out there I want to be able to call my shots on the bull. It only takes one good picador."

He was talking to a man who was no longer listening.

"If you want something extra," Retana said, "go and get it. There will be a regular cuadrilla out there. Bring as many of your own pics as you want. The charlotada is over by 10.30."

"All right," Manuel said. "If that's the way you feel about it."

"That's the way," Retana said.

"I'll see you tomorrow night," Manuel said.

"I'll be out there," Retana said.

Manuel picked at his suitcase and went out.

"Shut the door," Retana called.

Manuel looked back. Retana was sitting forward looking at some papers.

Retana restait muet et regardait Manuel de loin.

« Ça n'est pas juste », dit Manuel.

Retana le considérait toujours, renversé sur sa chaise, le considérant de très loin.

« Il y a les picadors réglementaires, laissa-t-il tomber.

— Je les connais, répondit Manuel. Je les connais vos picadors réglementaires. »

Retana n'eut pas un sourire. Manuel comprit qu'il était inutile d'insister.

« Tout ce que je veux c'est avoir partie égale, argumenta-t-il. Quand je serai là-bas, je veux pouvoir mener mon truc comme je veux avec le taureau. Pour ça je n'ai besoin que d'un bon picador. »

Il parlait à un homme qui ne l'écoutait plus.

« Si tu veux un extra, dit Retana, va le chercher. Il y aura là-bas la cuadrilla réglementaire. Mais de tes picadors, tu peux en amener autant que tu voudras. La charlotada[1] sera finie à dix heures et demie.

— Bien, dit Manuel. Si c'est comme ça que vous le prenez.

— C'est comme ça, répondit Retana.

— À demain soir, dit Manuel.

— Oui, je serai là-bas. »

Manuel saisit sa valise et sortit.

« Ferme la porte », lui cria Retana.

Manuel se retourna : Retana était assis, penché en avant, examinant des papiers.

1. *Charlotada* : spectacle des Charlots.

Manuel pulled the door tight until it clicked.

He went down the stairs and out of the door into the hot brightness of the street. It was very hot in the street and the light on the white buildings was sudden and hard on his eyes. He walked down the shady side of the steep street toward the Puerta del Sol. The shade felt solid and cool as running water. The heat came suddenly as he crossed the intersecting streets. Manuel saw no one he knew in all the people he passed.

Just before the Puerta del Sol he turned into a café.

It was quiet in the café. There were a few men sitting at tables against the wall. At one table four men played cards. Most of the men sat against the wall smoking, empty coffee-cups and liqueur-glasses before them on the tables. Manuel went through the long room to a small room in back. A man sat at a table in the corner asleep. Manuel sat down at one of the tables.

A waiter came in and stood beside Manuel's table.

"Have you seen Zurito?" Manuel asked him.

"He was in before lunch," the waiter answered. "He won't be back before five o'clock."

"Bring me some coffee and milk and a shot of the ordinary," Manuel said.

Manuel tira la porte sur lui jusqu'à ce qu'il entendît claquer le pêne.

Il descendit l'escalier et, la porte franchie, se retrouva dans la chaude lumière de la rue. Le soleil donnait dur et la réverbération soudaine sur les murs blancs des immeubles l'aveuglait presque. Marchant du côté de l'ombre, il descendit la rue en pente, se dirigeant vers la Puerta del Sol. L'ombre semblait palpable et fraîche comme de l'eau courante. Mais quand il traversa les voies transversales la chaleur s'abattit sur lui. Parmi tous les gens qu'il croisait, Manuel n'aperçut personne de connaissance.

Juste avant d'arriver à la Puerta del Sol il entra dans un café.

L'établissement était calme. Il y avait quelques hommes installés aux tables contre le mur. À l'une d'elles, quatre d'entre eux jouaient aux cartes. La plupart des clients étaient assis et fumaient, le dos au mur, avec des tasses à café et des verres à liqueur vides devant eux sur la table. Manuel ayant traversé la grande salle dans toute sa longueur en gagna une plus petite qui se trouvait derrière. Un homme dormait, assis dans un coin. Manuel prit place à une table.

Un garçon s'approcha et s'arrêta près de sa table.

«Vous n'avez pas vu Zurito? lui demanda Manuel.

— Il était ici avant le déjeuner, répondit le garçon. Il ne reviendra pas avant cinq heures.

— Donnez-moi un café-crème et un coup de raide», dit Manuel.

The waiter came back into the room carrying a tray with a big coffee-glass and a liqueur-glass on it. In his left hand he held a bottle of brandy. He swung these down to the table and a boy who had followed him poured coffee and milk into the glass from two shiny, spouted pots with long handles.

Manuel took off his cap and the waiter noticed his pigtail pinned forward on his head. He winked at the coffee-boy as he poured out the brandy into the little glass beside Manuel's coffee. The coffee-boy looked at Manuel's pale face curiously.

"You fighting here?" asked the waiter, corking up the bottle.

"Yes," Manuel said. "Tomorrow."

The waiter stood there, holding the bottle on one hip.

"You in the Charlie Chaplins?" he asked.

The coffee-boy looked away, embarrassed.

"No. In the ordinary."

"I thought they were going to have Chaves and Hernandez," the waiter said.

"No. Me and another."

"Who? Chaves or Hernandez?"

"Hernandez, I think."

"What's the matter with Chaves?"

"He got hurt."

"Where did you hear that?"

"Retana."

Le garçon revint dans la pièce avec un plateau chargé d'un grand verre pour le café et d'un verre à liqueur. De la main gauche il tenait une bouteille de cognac. Quand il eut posé le tout sur la table, un gamin qui le suivait avec deux verseuses brillantes à longs manches emplit le grand verre de lait et de café.

Manuel retira sa casquette et le garçon aperçut la queue-de-rat[1] épinglée sur le dessus du crâne. Il cligna de l'œil au jeune verseur tout en remplissant de cognac le verre à liqueur posé à côté du café. Le gamin regardait la figure pâle de Manuel avec curiosité.

«Vous courez ici? demanda le garçon, en rebouchant sa bouteille.

— Oui, dit Manuel. Demain.»

Le garçon restait là la bouteille sur la hanche.

«Vous êtes avec les Charlie Chaplins?» demanda-t-il.

Le petit verseur, mal à l'aise, détourna ses regards.

«Non. Dans l'ordinaire.

— Tiens, je pensais qu'on allait avoir Chaves et Hernandez, dit le garçon.

— Non, moi et un autre type.

— Qui? Chaves ou Hernandez?

— Hernandez, je crois.

— Qu'est-ce qui est arrivé à Chaves?

— Il s'est fait moucher.

— Qui vous a dit ça?

— Retana.

1. *Pigtail*: mot à mot, queue de cochon.

"Hey, Looie," the waiter called to the next room, "Chaves got cogida."

Manuel had taken the wrapper off the lumps of sugar and dropped them into his coffee. He stirred it and drank it down, sweet, hot, and warming in his empty stomach. He drank off the brandy.

"Give me another shot of that," he said to the waiter.

The waiter uncorked the bottle and poured the glass full, slopping another drink into the saucer. Another waiter had come up in front of the table. The coffee-boy was gone.

"Is Chaves hurt bad?" the second waiter asked Manuel.

"I don't know," Manuel said, "Retana didn't say."

"A hell of a lot he cares," the tall waiter said. Manuel had not seen him before. He must have just come up.

"If you stand in with Retana in this town, you're a made man," the tall waiter said. "If you aren't in with him, you might just as well go out and shoot yourself."

"You said it," the other waiter who had come in said. "You said it then."

"You're right I said it," said the tall waiter. "I know what I'm talking about when I talk about that bird."

"Look what's he's done for Villalta," the first waiter said.

— Hé, Looie! cria le garçon en se tournant vers l'autre salle. Chaves est cogida[1]. »

Manuel défit le papier qui enveloppait les morceaux de sucre et les laissa tomber dans son café. Il le remua, et but. C'était doux et chaud et ça semblait bon à son estomac vide. Il avala son cognac.

«Donnez-m'en encore un verre», dit-il au garçon.

Celui-ci déboucha la bouteille et remplit le verre par-dessus bord, remplissant même la soucoupe. Un autre garçon s'était approché de la table. Le petit verseur avait disparu.

«Chaves est bien mouché? demanda le second garçon à Manuel.

— Je ne sais pas, répondit Manuel. Retana ne me l'a pas dit.

— Vous pensez s'il s'en fout», s'écria le grand serveur. Manuel ne le connaissait pas. Ce devait être un nouveau.

«Si c'est Retana qui s'occupe de vous dans cette ville, votre affaire est faite, proclamait-il. Si ce n'est pas lui, vous feriez aussi bien d'aller vous tirer une balle tout de suite.

— Tu peux le dire! fit le garçon qui venait d'entrer. Ça, tu peux le dire.

— Je comprends que je peux le dire, s'exclama le grand serveur. Je sais ce que je dis quand je parle de cet oiseau-là.

— Regardez ce qu'il a fait d'un type comme Villalta, dit le premier garçon.

1. *Cogida* (ou *cogido*) : atteint d'un coup de corne (du verbe *coger*).

"And that ain't all," the tall waiter said. "Look what he's done for Marcial Lalanda. Look what he's done for Nacional."

"You said it, kid," agreed the short waiter.

Manuel looked at them, standing talking in front of his table. He had drunk his second brandy. They had forgotten about him. They were not interested in him.

"Look at that bunch of camels," the tall waiter went on. "Did you ever see this Nacional II?"

"I seen him last Sunday didn't I?" the original waiter said.

"He's a giraffe," the short waiter said.

"What did I tell you?" the tall waiter said. "Those are Retana's boys."

"Say, give me another shot of that," Manuel said. He had poured the brandy the waiter had slopped over in the saucer into his glass and drank it while they were talking.

The original waiter poured his glass full mechanically, and the three of them went out of the room talking.

In the far corner the man was still asleep, snoring slightly on the intaking breath, his head back against the wall.

Manuel drank his brandy. He felt sleepy himself. It was too hot to go out into the town. Besides there was nothing to do. He wanted to see Zurito. He would go to sleep while he waited. He kicked his suitcase under the table to be sure it was there.

— Et il n'y a pas que lui, dit le grand serveur. Regardez ce qu'il a fait de Marcial Lalanda. Regardez ce qu'il a fait de Nacional.

— Tu parles, mon vieux ! » confirma le garçon le plus petit.

Ils continuaient de discuter, debout devant la table de Manuel qui les suivait des yeux. Il avait bu son deuxième verre. Les garçons ne s'occupaient plus de lui. Il ne les intéressait pas.

« Regardez-moi cette bande de chameaux, disait le grand serveur. Avez-vous déjà vu Nacional II ?

— Et qui est-ce que j'aurais vu dimanche, alors ? répliqua le premier garçon.

— Tu parles d'une grande gourde ! dit le garçon le plus petit.

— Qu'est-ce que je te disais ? reprit le grand serveur. Tous ces types-là sont poussés par Retana.

— Hé ! dites, donnez-m'en donc encore un verre », dit Manuel. Il avait versé dans sa tasse le cognac que le garçon avait fait déborder dans la soucoupe, et l'avait bu pendant que les autres discutaient.

Le premier garçon remplit machinalement le verre jusqu'au bord, puis tous les trois sortirent de la salle en causant.

L'homme qui était dans le coin du fond dormait toujours, ronflant légèrement à chaque inspiration, la tête renversée contre le mur.

Manuel vida son cognac. Il avait sommeil lui aussi. Il faisait trop chaud pour aller en ville. D'ailleurs il n'avait rien à faire. Il voulait voir Zurito. S'il dormait, en l'attendant ? Du pied il toucha sa valise sous la table pour s'assurer qu'elle était toujours là.

Perhaps it would be better to put it back under the seat, against the wall. He leaned down and shoved it under. Then he leaned forward on the table and went to sleep.

When he woke there was some one sitting across the table from him. It was a big man with a heavy brown face like an Indian. He had been sitting there some time. He had waved the waiter away and sat reading the paper and occasionally looking down at Manuel, asleep, his head on the table. He read the paper laboriously, forming the words with his lips as he read. When it tired him he looked at Manuel. He sat heavily in the chair, his black Cordoba hat tipped forward.

Manuel sat up and looked at him.

"Hello, Zurito," he said.

"Hello, kid," the big man said.

"I've been asleep." Manuel rubbed his forehead with the back of his fist.

"I thought maybe you were."

"How's everything?"

"Good. How is everything with you?"

"Not so good."

They were both silent. Zurito, the picador, looked at Manuel's white face. Manuel looked down at the picador's enormous hands folding the paper to put away in his pocket.

"I got a favor to ask you, Manos," Manuel said.

Manosduros was Zurito's nickname.

Peut-être serait-elle plus en sûreté sous la banquette, contre le mur. S'étant penché, il la poussa plus loin. Puis il s'affala sur la table et s'endormit.

Quand il s'éveilla, quelqu'un était assis en face de lui, de l'autre côté de la table : un grand gaillard au large visage basané comme celui d'un Indien. Il y avait déjà quelque temps qu'il était là. Il avait renvoyé le garçon d'un signe et s'était mis à lire un journal, regardant de temps en temps Manuel endormi, la tête sur la table. C'était pour lui un vrai travail. À mesure qu'il lisait un mot il le formait des lèvres. Quand il en avait assez, il regardait Manuel. Et l'homme restait lourdement assis sur sa chaise, son Cordoba[1] noir tiré sur le front.

Manuel se redressa et l'aperçut.

«Et alors, Zurito? dit-il.

— Et alors, petit? répondit le grand gaillard.

— Je viens de faire un somme, dit Manuel en se frottant le front avec le dos du poing.

— C'est ce qu'on dirait.

— Comment ça va?

— Bien. Et toi, comment ça va?

— Moins bien.»

Tous deux gardèrent le silence. Zurito, le picador, considérait la figure pâle de Manuel. Et Manuel regardait les énormes mains du picador plier le journal et le remettre dans sa poche.

«J'ai un service à te demander, Manos», dit Manuel.

Manosduros[2], tel était le sobriquet de Zurito.

---

1. *Cordoba* : chapeau de feutre aux bords plats.
2. *Manosduros* : «mains dures».

He never heard it without thinking of his huge hands. He put them forward on the table self-consciously.

"Let's have a drink," he said.

"Sure," said Manuel.

The waiter came and went and came again. He went out of the room looking back at the two men at the table.

"What's the matter, Manolo?" Zurito set down his glass.

"Would you pic two bulls for me tomorrow night?" Manuel asked, looking up at Zurito across the table.

"No," said Zurito. "I'm not pic-ing."

Manuel looked down at his glass. He had expected that answer; now he had it. Well, he had it.

"I'm sorry, Manolo, but I'm not pic-ing." Zurito looked at his hands.

"That's all right," Manuel said.

"I'm too old," Zurito said.

"I just asked you," Manuel said.

"Is it the nocturnal tomorrow?"

"That's it. I figured if I had just one good pic, I could get away with it."

"How much are you getting?"

"Three hundred pesetas."

"I get more than that for pic-ing."

"I know," said Manuel. "I didn't have any right to ask you."

Et celui-ci ne l'entendait jamais sans penser à ses larges mains. Il les posa volontairement en avant sur la table.

« Si on prenait quelque chose, dit-il.

— On peut », dit Manuel.

Le garçon vint, partit, revint. Puis il sortit de la salle en se retournant pour regarder les deux hommes attablés.

« Qu'est-ce que c'est, Manolo ? dit Zurito en posant son verre.

— Veux-tu piquer demain soir deux taureaux pour moi ? demanda Manuel en levant les yeux vers Zurito de l'autre côté de la table.

— Non, dit Zurito. Je ne pique plus. »

Manuel baissa la tête et regarda son verre. Il s'attendait à cette réponse. Eh bien, il l'avait. Il l'avait, voilà tout.

« Je regrette, Manolo, mais je ne pique plus. » Zurito regardait ses mains.

« N'en parlons plus, dit Manuel.

— Je suis trop vieux, dit Zurito.

— C'était histoire de te demander, dit Manuel.

— Demain, c'est la nocturne ?

— Oui. Et je m'étais dit comme ça que si je trouvais juste un bon picador je pourrais m'en tirer.

— Combien touches-tu ?

— Trois cents pesetas.

— Je gagne plus que ça à piquer.

— Je sais bien, dit Manuel. Je n'aurais pas dû te demander.

"What do you keep on doing it for?" Zurito asked. "Why don't you cut off your coleta, Manolo?"

"I don't know," Manuel said.

"You're pretty near as old as I am," Zurito said.

"I don't know," Manuel said. "I got to do it. If I can fix it so that I get an even break, that's all I want. I got to stick with it, Manos."

"No, you don't."

"Yes I do. I've tried keeping away from it."

"I know how you feel. But it isn't right. You ought to get out and stay out."

"I can't do it. Besides, I've been going good lately."

Zurito looked at his face.

"You've been in the hospital."

"But I was going great when I got hurt."

Zurito said nothing. He tipped the cognac out of his saucer into his glass.

"The papers say they never saw a better faena," Manuel said.

Zurito looked at him.

"You know when I get going I'm good," Manuel said.

"You're too old," the picador said.

— Pourquoi restes-tu dans le métier ? demanda Zurito. Pourquoi ne coupes-tu pas ta coleta, Manolo ?

— Je n'en sais rien, dit Manuel.

— Tu as presque le même âge que moi, dit Zurito.

— Je n'en sais rien, reprit Manuel. C'est plus fort que moi. Si j'avais seulement partie égale je n'en demanderais pas plus. Je ne pourrais pas faire autre chose, Manos.

— Mais si, tu pourrais.

— Non, je ne pourrais pas. D'ailleurs j'ai essayé.

— Je comprends ce que tu ressens. Mais tu te trompes. Il faut que tu t'arrêtes et que tu ne recommences pas.

— Ce n'est pas possible. D'ailleurs je marchais bien ces temps-ci. »

Zurito le dévisagea.

« Tu sors de l'hôpital.

— Mais je marchais rudement bien quand je me suis fait moucher. »

Zurito ne répondit rien. Il versait dans son verre le cognac de sa soucoupe.

« Les journaux ont dit que jamais on n'avait vu un tel travail de la muleta[1] », dit Manuel.

Zurito le regarda.

« Tu sais que quand je m'y mets ça marche, reprit Manuel.

— Tu es trop vieux, dit le picador.

---

1. *Faena* : l'ensemble du travail effectué par le matador avec la muleta.

"No," said Manuel. "You're ten years older than I am."

"With me it's different."

"I'm not too old," Manuel said.

They sat silent, Manuel watching the picador's face.

"I was going great till I got hurt," Manuel offered.

"You ought to have seen me, Manos," Manuel said, reproachfully.

"I don't want to see you," Zurito said. "It makes me nervous."

"You haven't seen me lately."

"I've seen you plenty."

Zurito looked at Manuel, avoiding his eyes.

"You ought to quit it, Manolo."

"I can't," Manuel said, "I'm going good now, I tell you."

Zurito leaned forward, his hands on the table. "Listen. I'll pic for you and if you don't go big tomorrow night, you'll quit. See? Will you do that?"

"Sure."

Zurito leaned back, relieved.

"You got to quit," he said. "No monkey business. You got to cut the coleta."

"I won't have to quit," Manuel said. "You watch me. I've got the stuff."

Zurito stood up. He felt tired from arguing.

"You got to quit," he said. "I'll cut your coleta myself."

— Non, dit Manuel. Tu as dix ans de plus que moi.

— Moi, c'est pas la même chose.

— Je ne suis pas trop vieux », dit Manuel.

Ils restèrent silencieux. Manuel épiait le visage du picador.

« Je marchais rudement bien quand je me suis fait moucher, fit-il.

— J'aurais voulu que tu me voies, Manos, ajouta-t-il sur un ton de reproche.

— Je ne tiens pas à te voir, dit Zurito. Ça m'énerve de trop.

— Tu ne m'as pas vu dernièrement.

— Je t'ai bien assez vu. »

Zurito regarda Manuel en évitant son regard.

« Tu devrais en rester là, Manolo.

— Je ne peux pas, dit Manuel. Et puis je te dis que je marche bien en ce moment. »

Zurito se pencha en avant, les mains sur la table.

« Écoute. Je piquerai pour toi demain soir mais si ça ne marche pas bien tu lâcheras. Hein ? C'est entendu ?

— Entendu. »

Soulagé, Zurito se redressa.

« Il faut que tu laisses tomber, dit-il. Pas de chinoiseries. Il faut que tu coupes ta coleta.

— Je n'aurai pas besoin de laisser tomber, dit Manuel. Tu verras. J'ai de l'estomac. »

Zurito se leva. Il était fatigué de discuter.

« Il faut que tu laisses tomber, répéta-t-il. C'est moi qui te couperai la coleta.

"No, you won't," Manuel said. "You won't have a chance."

Zurito called the waiter.

"Come on," said Zurito. "Come on up to the house."

Manuel reached under the seat for his suitcase. He was happy. He knew Zurito would pic for him. He was the best picador living. It was all simple now.

"Come on up to the house and we'll eat," Zurito said.

Manuel stood in the patio de caballos waiting for the Charlie Chaplins to be over. Zurito stood beside him. Where they stood it was dark. The high door that led into the bull ring was shut. Above them they heard a shout, then another shout of laughter. Then there was silence. Manuel liked the smell of the stables about the patio de caballos. It smelt good in the dark. There was another roar from the arena and then applause, prolonged applause, going on and on.

"You ever seen these fellows?" Zurito asked, big and looming beside Manuel in the dark.

"No," Manuel said.

"They're pretty funny," Zurito said. He smiled to himself in the dark.

The high, double, tight-fitting door into the bull-ring swung open

— Non, tu ne me la couperas pas, dit Manuel. Tu n'auras pas de raison. »

Zurito appela le garçon.

« Allons-nous-en, dit-il. Allons-nous-en chez moi. »

Manuel se pencha pour prendre sa valise sous la banquette. Il était content. Il savait que Zurito allait piquer pour lui. C'était le meilleur des picadors. Tout irait bien maintenant.

« Allons-nous-en chez moi manger un morceau », dit Zurito.

Manuel, debout dans le patio de caballos[1], attendait que les Charlie Chaplins aient fini. Zurito était à côté de lui. Il faisait sombre dans le patio, le grand portail qui donnait sur le cirque étant hermétiquement clos. Au-dessus de leurs têtes ils entendirent une grande clameur, puis le roulement des rires. Puis le silence. Manuel aimait cette odeur qui venait des étables, tout autour du patio. Ça sentait bon dans l'ombre. Il vint de l'arène un autre grondement et puis des bravos, des bravos prolongés, à n'en plus finir.

« Tu n'as jamais vu ces types-là ? demanda Zurito qui, dans l'obscurité, semblait comme grandi par rapport à Manuel.

— Non, dit Manuel.

— Ils sont joliment drôles », dit Zurito en souriant tout seul dans l'ombre.

La grande porte à double battant qui joignait parfaitement s'ouvrit sur l'arène.

1. *Patio de caballos* : la cour des chevaux.

and Manuel saw the ring in the hard light of the arc-lights, the plaza, dark all the way around, rising high; around the edge of the ring were running and bowing two men dressed like tramps, followed by a third in the uniform of a hotel bell-boy who stooped and picked up the hats and canes thrown down onto the sand and tossed them back up into the darkness.

The electric light went on in the patio.

"I'll climb onto one of those ponies while you collect the kids," Zurito said.

Behind them came the jingle of the mules, coming out to go into the arena and be hitched onto the dead bull.

The members of the cuadrilla, who had been watching the burlesque from the runway between the barrera and the seats, came walking back and stood in a group talking, under the electric light in the patio. A good-looking lad in a silver-and-orange suit came up to Manuel and smiled.

"I'm Hernandez," he said and put out his hand. Manuel shook it.

"They're regular elephants we've got tonight," the boy said cheerfully.

"They're big ones with horns," Manuel agreed.

"You drew the worst lot," the boy said.

"That's all right," Manuel said. "The bigger they are, the more meat for the poor."

Manuel aperçut la piste sous la lumière crue des lampes à arc et la plaza noire, qui montait très haut tout autour. Au bord de la piste, saluant à la ronde, couraient deux hommes vêtus comme des vagabonds, suivis d'un troisième habillé en groom qui se penchait et ramassait les chapeaux et les cannes qu'on avait jetés dans le cirque et les relançait en l'air dans la nuit.

Les lampes électriques du patio s'allumèrent.

« Je m'en vais monter sur un des canassons pendant que tu réuniras tes gars », dit Zurito.

Derrière eux tintèrent les grelots des mules qu'on sortait dans l'arène pour les atteler au cadavre du taureau.

Les membres de la cuadrilla qui, du passage courant entre la barrera et l'amphithéâtre, avaient assisté à la course burlesque, revinrent dans le patio et, réunis en un groupe, se mirent à bavarder sous les lumières. Un jeune gaillard bien découplé, en costume orange brodé d'argent, vint à Manuel et sourit.

« C'est moi Hernandez », dit-il en tendant sa main.

Manuel la serra.

« Ce sont de véritables éléphants que nous avons ce soir, dit le jeune homme d'un air cordial.

— Oui, de grosses bêtes à cornes, approuva Manuel.

— Vous avez tiré le plus mauvais lot, dit le jeune homme.

— Qu'importe ! dit Manuel. Plus ils sont gros plus ça fait de viande pour les pauvres. »

"Where did you get that one?" Hernandez grinned.

"That's an old one," Manuel said. "You line up your cuadrilla, so I can see what I've got."

"You've got some good kids," Hernandez said. He was very cheerful. He had been on twice before in nocturnals and was beginning to get a following in Madrid. He was happy the fight would start in a few minutes.

"Where are the pics?" Manuel asked.

"They're back in the corrals fighting about who gets the beautiful horses," Hernandez grinned.

The mules came through the gate in a rush, the whips snapping, bells jangling and the young bull ploughing a furrow of sand.

They formed up for the paseo as soon as the bull had gone through.

Manuel and Hernandez stood in front. The youths of the cuadrillas were behind, their heavy capes furled over their arms. In back, the four picadors, mounted, holding their steel-tipped push-poles erect in the half-dark of the corral.

"It's a wonder Retana wouldn't give us enough light to see the horses by," one picador said.

"He knows we'll be happier if we don't get too good a look at these skins," another pic answered.

Hernandez se mit à rire. «Où avez-vous appris ça? dit-il.

— C'est une vieille blague, répondit Manuel. Aligne donc ta cuadrilla que je voie mes gars.

— Il y en a quelques-uns qui ne sont pas mauvais», dit Hernandez. Il avait l'air tout joyeux. Il avait déjà couru deux fois dans des nocturnes et il commençait d'avoir des fidèles à Madrid. Il était content que la course fût sur le point de commencer.

«Où sont les picadors? demanda Manuel.

— Au fond des corrals en train de se battre pour savoir qui aura les bons chevaux», dit Hernandez en ricanant.

Les mules passèrent la grille en trombe; les fouets claquaient, les grelots sonnaient, et le jeune taureau creusait un sillon dans le sable.

Ils prirent leurs places pour le paseo[1] dès que le taureau fut passé.

Manuel et Hernandez venaient en tête; puis les jeunes de la cuadrilla avec leurs lourdes capes pliées sur le bras; et enfin, les quatre picadors montés, dont les piques aux pointes d'acier se dressaient dans la pénombre du corral.

«C'est tout de même étonnant que Retana ne nous éclaire jamais assez pour qu'on puisse voir les chevaux, dit un picador.

— Il sait qu'on sera plus tranquilles si on ne regarde pas ces cadavres-là de trop près, répondit un autre.

---

1. *Paseo*: parade dans l'arène des participants de la corrida.

"This thing I'm on barely keeps me off the ground," the first picador said.

"Well, they're horses."

"Sure, they're horses."

They talked, sitting their gaunt horses in the dark.

Zurito said nothing. He had the only steady horse of the lot. He had tried him, wheeling him in the corrals and he responded to the bit and the spurs. He had taken the bandage off his right eye and cut the strings where they had tied his ears tight shut at the base. He was a good, solid horse, solid on his legs. That was all he needed. He intended to ride him all through the corrida. He had already, since he had mounted sitting in the half-dark in the big, quilted saddle, waiting for the paseo, pic-ed through the whole corrida in his mind. The other picadors went on talking on both sides of him. He did not hear them.

The two matadors stood together in front of their three peones, their capes furled over their left arms in the same fashion. Manuel was thinking about the three lads in the back of him. They were all three Madrilenos, like Hernandez, boys about nineteen. One of them, a gypsy, serious, aloof, and dark faced, he liked the look of. He turned.

— C'est tout juste si l'outil sur lequel je suis peut me lever du sol, reprit le premier.

— Ça, c'est des chevaux !

— Ça, c'est sûr, de sacrés chevaux ! »

Ils discutaient dans l'ombre, à califourchon sur leurs rosses efflanquées.

Zurito ne disait rien. Il avait la seule bête du lot qui tînt d'aplomb sur ses pattes. Il l'avait essayée en la faisant tourner dans le corral et elle répondait au mors et à l'éperon. Il avait enlevé le bandeau qui lui cachait l'œil droit et coupé les ficelles qu'on avait serrées étroitement en bas de ses oreilles. C'était un bon et fort cheval, solide sur ses pattes. C'est tout ce qu'il lui fallait. Il se proposait de le monter pendant toute la corrida. Depuis que dans la pénombre il s'était mis à cheval sur sa grosse selle rembourrée, il avait déjà, en attendant le paseo, arrêté dans sa tête la manière dont il piquerait, depuis le commencement jusqu'à la fin de la course. Les autre picadors continuaient à discuter à ses côtés. Il ne les entendait pas.

Les deux matadors se tenaient l'un près de l'autre, précédant les trois péons[1] et portant comme eux leur cape sur le bras gauche. Manuel songeait à ces trois jeunes hommes qui étaient derrière lui. C'étaient tous les trois des Madrilènes, comme Hernandez, des garçons de dix-neuf ans environ. Il aimait l'allure de l'un deux : un gitan à la mine grave, distante, et au visage bronzé. Manuel se retourna.

---

1. *Peones* : toreros qui travaillent à pied sous les ordres du matador.

"What's your name, kid?" he asked the gypsy.

"Fuentes," the gypsy said.

"That's a good name," Manuel said.

The gypsy smiled, showing his teeth.

"You take the bull and give him a little run when he comes out," Manuel said.

"All right," the gypsy said. His face was serious. He began to think about just what he would do.

"Here she goes," Manuel said to Hernandez.

"All right. We'll go."

Heads up, swinging with the music, their right arms swinging free, they stepped out, crossing the sanded arena under the arc-lights, the cuadrillas opening out behind, the picadors riding after, behind came the bull-ring servants and the jingling mules. The crowd applauded Hernandez as they marched across the arena. Arrogant, swinging, they looked straight ahead as they marched.

They bowed before the president, and the procession broke up into its component parts. The bull-fighters went over to the barrera and changed their heavy mantles for the light fighting capes. The mules went out. The picadors galloped jerkily around the ring, and two rode out the gate they had come in by. The servants swept the sand smooth.

Manuel drank a glass of water poured for him by one of Retana's deputies,

« Comment t'appelles-tu, mon gars ? demanda-t-il au gitan.

— Fuentes.

— C'est un joli nom », dit Manuel.

Le gitan sourit, montrant ses dents.

« Quand il entrera, tu prendras le taureau et tu le feras courir un peu, dit Manuel.

— Bien », répondit le gitan. Son visage redevint sérieux. Il réfléchissait à ce qu'il allait faire.

« Voilà, c'est le moment ! dit Manuel à Hernandez.

— Bien. Allons-y. »

La tête droite, se balançant au rythme de la musique, leurs bras droits battant largement, ils avançaient, traversant la piste sablée sous la lumière des lampes à arc. La cuadrilla s'élargissait en triangle ; les picadors suivaient sur leurs montures, puis venaient les garçons de piste et les mules avec leurs grelots. Tandis qu'ils traversaient l'arène, le public applaudissait Hernandez. Et eux marchaient avec arrogance, en se dandinant, regardant droit devant eux.

Ils saluèrent le président et le cortège se démembra. Les matadors et les péons s'approchèrent de la barrera et changèrent leurs lourds manteaux contre de légères capes de combat. Les mules sortirent. Les cavaliers piquèrent un galop saccadé autour de la piste et deux d'entre eux refranchirent la grille par où ils étaient entrés. Les garçons balayaient le sable et l'égalisaient.

Manuel but un verre d'eau que lui versa un employé mis à sa disposition par Retana ;

who was acting as his manager and sword
handler. Hernandez came over from speaking
with his own manager.

"You got a good hand, kid," Manuel compli-
mented him.

"They like me," Hernandez said happily.

"How did the paseo go?" Manuel asked Retana's
man.

"Like a wedding," said the handler. "Fine. You
came out like Joselito and Belmonte."

Zurito rode by, a bulky equestrian statue. He
wheeled his horse and faced him toward the toril
on the far side of the ring where the bull would
come out. It was strange under the arc-light. He
pic-ed in the hot afternoon sun for big money.
He didn't like this arc-light business. He whished
they would get started.

Manuel went up to him.

"Pic him, Manos," he said. "Cut him down to
size for me."

"I'll pic him, kid," Zurito spat on the sand. "I'll
make him jump out of the ring."

"Lean on him, Manos," Manuel said.

"I'll lean on him," Zurito said. "What's holding
it up?"

c'était l'homme qui allait faire fonction de manager et lui passer l'estoc. Hernandez, qui venait de causer avec son propre manager, s'approcha.

« Tu as la cote, petit, lui dit Manuel pour le complimenter.

— Oui, je leur plais, dit Hernandez d'un air heureux.

— Qu'est-ce que vous dites de ce paseo ? demanda Manuel à l'employé de Retana.

— Un vrai mariage, répondit l'autre. Épatant. Vous êtes entrés, mes gaillards, comme Joselito et Belmonte[1]. »

Zurito passa près d'eux, pareil à une énorme statue équestre. Faisant virer sa monture, il la plaça de l'autre côté de la piste, face au toril d'où allait sortir le taureau. Tout lui semblait bizarre sous cette lumière artificielle. D'habitude il piquait dans le chaud soleil de l'après-midi, et pour la forte somme. Ces fourbis de becs électriques ne lui plaisaient guère. Il aurait bien voulu qu'on commence.

Manuel s'approcha de lui.

« Pique-le, Manos, dit-il. Sonne-le-moi comme il faut.

— Je le piquerai, petit, dit Zurito en crachant sur le sable. Je lui ferai sauter la barrière.

— Pèse dessus, Manos, dit Manuel.

— Je pèserai dessus, répondit Zurito. Qu'est-ce qu'on attend ?

---

1. Juan Belmonte Garcìa (1892-1962), Jose Gomez, dit Joselito (1895-1921) : célèbres toreadors, rivaux en leur temps.

"He's coming now," Manuel said.

Zurito sat there, his feet in the box-stirrups, his great legs in the buckskin-covered armor gripping the horse, the reins in his left hand, the long pic held in his right hand, his broad hat well down over his eyes to shade them from the lights, watching the distant door of the toril. His horse's ears quivered. Zurito patted him with his left hand.

The red door of the toril swung back and for a moment Zurito looked into the empty passageway far across the arena. Then the bull came out in a rush, skidding on his four legs as he came out under the lights, then charging in a gallop, moving softly in a fast gallop, silent except as he woofed through wide nostrils as he charged, glad to be free after the dark pen.

In the first row of seats, slightly bored, leaning forward to write on the cement wall in front of his knees, the substitute bull-fight critic of *El Heraldo* scribbled : "Campagnero, Negro, 42, came out at 90 miles an hour with plenty of gas—"

Manuel, leaning against the barrera, watching the bull, waved his hand and the gypsy ran out, trailing his cape. The bull, in full gallop, pivoted and charged the cape, his head down, his tail rising.

— Le voilà qui sort », dit Manuel.

Zurito restait là, ses pieds dans les étriers ; ses grandes jambes, sous le cuissard recouvert de peau de chèvre, étreignaient le cheval ; les rênes dans la main gauche, la grande pique dans la droite, son large chapeau bien enfoncé sur les yeux pour les abriter des lumières, il regardait la porte lointaine du toril. Les oreilles de sa monture frémissaient. Il la caressa de la main gauche.

La porte rouge du toril s'ouvrit et, durant une minute, Zurito regarda la voûte déserte, là-bas, de l'autre côté de l'arène. Le taureau sortit en coup de vent. Il patina sur ses quatre sabots quand il arriva sous les lumières, puis se lançant au galop, avançant souplement dans un galop rapide, silencieux sauf quand il soufflait par ses larges naseaux, il chargea, heureux de se voir libre au sortir de son obscur réduit.

Au premier rang des gradins, ne s'amusant guère, courbé en deux pour s'appuyer sur le mur de ciment qui touchait ses genoux, le journaliste chargé par intérim de la rubrique tauromachique d'*El Heraldo* griffonna : « Campagnero, Negro, 42, fait son entrée à 100 kilomètres à l'heure et à plein gaz —»

Manuel, qui, adossé à la barrera, avait suivi la bête des yeux, fit un signe et le gitan se mit à courir, traînant sa cape derrière lui. Le taureau fit un détour en plein galop et se précipita sur la cape, tête baissée et la queue en l'air.

The gypsy moved in a zigzag, and as he passed, the bull caught sight of him and abandoned the cape to charge the man. The gyp sprinted and vaulted the red fence of the barrera as the bull struck it with his horns. He tossed into it twice with his horns, banging into the wood blindly.

The critic of *El Heraldo* lit a cigarette and tossed the match at the bull, then wrote in his notebook, "large and with enough horns to satisfy the cash customers, Campagnero showed a tendency to cut into the terrain of the bull-fighters."

Manuel stepped out on the hard stand as the bull banged into the fence. Out of the corner of his eye he saw Zurito sitting the white horse close to the barrera, about a quarter of the way around the ring to the left. Manuel held the cape close in front of him, a fold in each hand, and shouted at the bull. "Huh! Huh!" The bull turned, seemed to brace against the fence as he charged in a scramble, driving into the cape as Manuel sidestepped, pivoted on his heels with the charge of the bull, and swung the cape just ahead of the horns. At the end of the swing he was facing the bull again and held the cape at the same position close to his body, and pivoted again as the bull recharged. Each time, as he swung, the crowd shouted.

Four times he swung with the bull, lifting the cape so it billowed full, and each time bringing the bull around to charge again.

Le gitan décrivait des zigzags et tandis qu'il passait le taureau finit par l'apercevoir et laissa la cape pour charger contre l'homme, qui courut et franchit les planches rouges de la barrera au moment où le taureau atteignait celle-ci de ses cornes. À deux reprises, la bête se jeta dessus, frappant aveuglément le bois de ses cornes.

Le journaliste d'*El Heraldo* alluma une cigarette et, jetant l'allumette vers le taureau, écrivit sur son bloc-notes : «Râblé et avec des cornes assez longues pour satisfaire les payants, Campagnero montre dès le début une tendance à pénétrer sur le terrain des toreros.»

Tandis que le taureau tapait dans la palissade, Manuel s'avançait, foulant le sable compact. Du coin de l'œil il apercevait à gauche Zurito juché sur son cheval blanc près de la barrera à une distance d'un quart de tour de piste vers la gauche. Manuel tenait la cape juste devant lui, un pli dans chaque main, et il provoqua le taureau : «Ouh ! ouh !» Le taureau se retourna, et on aurait dit qu'il s'appuyait contre la palissade pour se précipiter avec plus de furie. Il fonça dans la cape, et Manuel, faisant un pas de côté et pivotant sur les talons pour éviter la charge, fit passer la cape juste en face de ses cornes. À la fin de la passe il se retrouva devant le taureau, la cape dans la même position, contre sa poitrine, et quand le taureau chargea, il pivota de nouveau. À chaque passe, la foule hurlait.

Il en réussit quatre de la même façon, levant la cape pour qu'elle se gonflât bien, et amenant chaque fois le taureau à charger encore.

Then, at the end of the fifth swing, he held the cape against his hip and pivoted, so the cape swung out like a ballet dancer's skirt and wound the bull around himself like a belt, to step clear, leaving the bull facing Zurito on the white horse, come up and planted firm, the horse facing the bull, its ears forward, its lips nervous, Zurito, his hat over his eyes, leaning forward, the long pole sticking out before and behind in a sharp angle under his right arm, held half-way down, the triangular iron point facing the bull.

El Heraldo's second-string critic, drawing on his cigarette, his eyes on the bull wrote : "the veteran Manolo designed a series of acceptable veronicas, ending in a very Belmontistic recorte that earned applause from the regulars, and we entered the tercio of the cavalry."

Zurito sat his horse, measuring the distance between the bull and the end of the pic. As he looked, the bull gathered himself together and charged, his eyes on the horse's chest.

1. *Veronicas* : passes faites avec la cape, ainsi nommées parce que la cape était à l'origine tenue à deux mains, selon le geste de Véronique, représentée dans la peinture religieuse tenant la serviette avec laquelle elle avait essuyé le visage du Christ.

Puis, à la fin de la cinquième passe, il mit la cape contre sa hanche et pirouetta de telle façon qu'elle s'ouvrit comme un tutu de danseuse, faisant enrouler le taureau sur lui-même comme une ceinture. Et Manuel s'échappa, laissant le taureau face à Zurito qui venait d'arriver sur son cheval blanc et s'était planté ferme, sa bête faisant face au taureau, oreilles en avant, naseaux frémissants, et Zurito, le chapeau sur les yeux, penché en avant, avec sous le bras droit la grande pique qui dépassait par-devant et par-derrière et formait un angle aigu, inclinée vers le sol, la pointe ferrée triangulaire menaçant le taureau.

Le critique de seconde zone d'*El Heraldo*, tirant des bouffées de sa cigarette, les yeux sur le taureau, écrivit : « le vétéran Manolo réussit une série de veronicas[1] satisfaisantes qui prennent fin sur un recorte[2] très belmontistique qui lui vaut les applaudissements des habitués et nous arrivons au tercio[3] de la cavalerie. »

Zurito sur son cheval calculait la distance qu'il y avait entre le taureau et le bout de sa pique. Tandis qu'il observait, le taureau se ramassa sur lui-même et chargea, les yeux sur le poitrail du cheval.

---

2. *Recorte* : passe où la cape est brusquement retirée de devant le taureau.

3. La corrida est divisée en trois parties : le *tercio de varas*, pendant lequel les picadors sont en action ; le *tercio de banderillas*, au cours duquel sont plantées les banderilles ; et le *tercio de la muerte*, celui de la mise à mort.

As he lowered his head to hook, Zurito sunk the point of the pic in the swelling hump of muscle above the bull's shoulder, leaning all his weight on the shaft, and with his left hand pulled the white horse into the air, front hoofs pawing, and swung him to the right as he pushed the bull under and through so the horns passed safely under the horse's belly and the horse came down, quivering, the bull's tail brushing his chest as he charged the cape Hernandez offered him.

Hernandez ran sideways, taking the bull out and away with the cape, toward the other picador. He fixed him with a swing of the cape, squarely facing the horse and rider, and stepped back. As the bull saw the horse he charged. The picador's lance slid along his back, and as the shock of the charge lifted the horse, the picador was already half-way out of the saddle, lifting his right leg clear as he missed with the lance and falling to the left side to keep the horse between him and the bull. The horse, lifted and gored, crashed over with the bull driving into him, the picador gave a shove with his boots against the horse and lay clear, waiting to be lifted and hauled away and put on his feet.

Manuel let the bull drive into the fallen horse; he was in no hurry, the picador was safe; besides, it did a picador like that good to worry. He'd stay on longer next time. Lousy pics!

Au moment où il baissait la tête pour donner son coup de corne, Zurito enfonça la pointe de sa pique dans l'épaisseur de la bosse du muscle au-dessus de l'épaule du taureau. Appuyant de tout son poids sur la lance, de sa main gauche il fit cabrer son cheval blanc, dont les sabots de devant battirent l'air, et, le faisant tourner à droite, il poussa le taureau par-dessous, de telle sorte que les cornes passèrent sans dommage sous le ventre du cheval, qui retomba à terre, frémissant, la queue du taureau lui frôlant le poitrail, tandis que celui-ci se précipitait sur la cape que Hernandez agitait devant ses yeux.

Hernandez courait de côté, éloignant le taureau et l'attirant avec sa cape vers l'autre picador. Il l'arrêta par une passe juste en face du cavalier et de sa monture, et se retira. Aussitôt que le taureau eut aperçu le cheval, il fonça. La lance du picador glissa sur son échine et, comme la violence du choc soulevait le cheval, le picador, qui était déjà à moitié hors de selle, dégagea sa jambe droite aussitôt après avoir manqué son coup, se laissant tomber sur le côté gauche de manière que le cheval restât entre lui et le taureau. Soulevée, éventrée, la bête s'écroula sur le sable, toujours labourée par le taureau. Le picador, poussant sa monture des bottes, se dégagea davantage et attendit qu'on vînt le retirer, le relever, et le mettre sur ses jambes.

Manuel laissa le taureau s'acharner sur le cheval à terre, il avait le temps, le picador n'était pas en danger, d'ailleurs à un picador comme ça, un peu d'émotion ferait du bien. Il tiendrait plus longtemps la prochaine fois. Pouilleux de picador !

He looked across the sand at Zurito a little way out from the barrera, his horse rigid, waiting.

"Huh!" he called to the bull, "Tomar!" holding the cape in both hands so it would catch his eye. The bull detached himself from the horse and charged the cape, and Manuel, running sideways and holding the cape spread wide, stopped, swung on his heels, and brought the bull sharply around facing Zurito.

"Campagnero accepted a pair of varas for the death of one rosinante, with Hernandez and Manolo at the quites," *El Heraldo's* critic wrote. "He pressed on the iron and clearly showed he was no horse-lover. The veteran Zurito resurrected some of his old stuff with the pike-pole, notably the suerte—"

"Olé! Olé!" the man sitting beside him shouted. The shout was lost in the roar of the crowd, and he slapped the critic on the back.

Il regarda Zurito qui, de l'autre côté de l'arène, non loin de la barrera, attendait sur son cheval, rigide comme un bronze.

« Ouh ! fit Manuel au taureau. Ouh[1] ! » fit-il en tenant la cape à deux mains pour mieux attirer les regards du taureau, qui abandonna le cheval et fonça. Manuel, courant de côté et tenant la cape bien écartée, s'arrêta, pivota sur les talons et arrêta court le taureau, face à Zurito.

« Campagnero accepte quelques varas contre la mort d'une rossinante avec Hernandez et Manolo aux quites[2], écrivait le journaliste d'*El Heraldo*. Il pousse contre le fer et montre clairement qu'il n'aime pas les chevaux. Le vétéran Zurito fait revivre quelques-uns de ses vieux coups de pique ; entre autres la suerte[3] — »

« Olé ! Olé ! » hurla l'homme assis à côté de lui. Le cri se perdit dans le rugissement de la foule et l'homme lui donna une tape dans le dos.

1. *Tomar* : appel au taureau pour qu'il vienne sur la cape.
2. *Quites* : passes permettant de détourner le taureau lorsque le torero est en difficulté.
3. *Suerte* : nom donné à plusieurs types d'action dont le déroulement est codifié.

The critic looked up to see Zurito, directly below him, leaning far out over his horse, the length of the pic rising in a sharp angle under his armpit, holding the pic almost by the point, bearing down with all his weight, holding the bull off, the bull pushing and driving to get at the horse, and Zurito, far out, on top of him, holding him, holding him, and slowly pivoting the horse against the pressure, so that at last he was clear. Zurito felt the moment when the horse was clear and the bull could come past, and relaxed the absolute steel lock of his resistance, and the triangular steel point of the pic ripped in the bull's hump of shoulder muscle as he tore loose to find Hernandez's cape before his muzzle. He charged blindly into the cape and the boy took him out into the open arena.

Zurito sat patting his horse and looking at the bull charging the cape that Hernandez swung for him under the bright light while the crowd shouted.

"You see that one?" he said to Manuel.

"It was a wonder," Manuel said.

"I got him that time," Zurito said. "Look at him now."

At the conclusion of a closely turned pass of the cape the bull slid to his knees.

Il leva le front pour voir Zurito, juste au-dessous de lui — il était penché très en avant de son cheval, la pique qu'il tenait presque à l'extrémité dépassant de sous son bras en un angle aigu, il pesait dessus de tout son poids, maintenant le taureau — et celui-ci poussant et s'efforçant d'atteindre le cheval, et Zurito, à l'autre bout de la lance, juste au-dessus de la bête, qui la maintenait, la maintenait et faisait lentement pivoter sa monture à l'encontre de la poussée de telle sorte qu'elle se trouva enfin dégagée. Zurito sentit alors, au moment où le cheval était dégagé, que le taureau pouvait passer, il relâcha son inflexible résistance et la pointe triangulaire de la pique déchira le morillo[1] du taureau comme celui-ci s'arrachait pour se trouver avec la cape de Hernandez en face du mufle. Le taureau chargea aveuglément la cape et le garçon l'amena vers l'espace dégagé de l'arène.

Zurito caressait son cheval et suivait des yeux le taureau qui fonçait dans la cape que Hernandez agitait devant lui au milieu de l'arène, en pleine lumière et sous les hurlements de la foule.

«Tu as vu ça? dit Zurito à Manuel.

— C'était épatant, répondit Manuel.

— Je l'ai sonné cette fois, reprit le picador. Regarde-le maintenant.»

À la fin d'une passe de cape serrée de près, le taureau glissa et tomba sur les genoux.

---

1. *Morillo*: bosse qui fait saillie sur le cou. C'est au sommet de cette bosse que le picador doit enfoncer sa pique.

He was up at once, but far out across the sand Manuel and Zurito saw the shine of the pumping flow of blood, smooth against the black of the bull's shoulder.

"I got him that time," Zurito said.

"He's a good bull," Manuel said.

"If they gave me another shot at him, I'd kill him," Zurito said.

"They'll change the thirds on us," Manuel said.

"Look at him now," Zurito said.

"I got to go over there," Manuel said, and started on a run for the other side of the ring, where the monos were leading a horse out by the bridle toward the bull, whacking him on the legs with rods and all, in a procession, trying to get him toward the bull, who stood, dropping his head, pawing, unable to make up his mind to charge.

Zurito, sitting his horse, walking him toward the scene, not missing any detail, scowled.

Finally the bull charged, the horse leaders ran for the barrera, the picador hit too far back, and the bull got under the horse, lifted him, threw him onto his back.

Zurito watched. The monos, in their red shirts, running out to drag the picador clear.

Il se releva aussitôt, mais, malgré la distance, Manuel et Zurito virent, sur le noir de l'épaule, le velours d'un filet de sang qui, doucement, s'écoulait.

«Je l'ai sonné cette fois, dit Zurito.

— C'est un bon taureau, dit Manuel.

— Si on me le laisse encore un coup, cette fois je le tue, dit Zurito.

— Mais ils ne vont pas tarder à changer le tercio, dit Manuel.

— Regarde-le maintenant, dit Zurito.

— Il faut que j'aille là-bas», dit Manuel. Et il partit en courant vers l'autre côté de la piste où les monos[1] amenaient au taureau un cheval qu'ils tiraient par la bride. Ils lui fouettaient les jambes à coups de baguette et toute la cuadrilla essayait de faire avancer la bête vers le taureau qui baissait le front et grattait le sable du sabot sans pouvoir se décider à charger.

Zurito, qui dirigeait son cheval vers la scène et ne manquait pas un coup d'œil, fronça les sourcils.

Enfin le taureau s'élança, les hommes, qui tenaient le cheval, coururent à la barrera, le picador toucha le taureau trop en arrière, et celui-ci passa sous le cheval, le soulevant et l'enlevant sur ses cornes.

Zurito suivait la scène. Les monos en chemise rouge de courir pour dégager le picador.

---

1. *Monos* : *monosabios*, garçons d'arène chargés d'aider les picadors.

The picador, now on his feet, swearing and flopping his arms. Manuel and Hernandez standing ready with their capes. And the bull, the great black bull, with a horse on his back, hooves dangling, the bridle caught in the horns. Black bull with a horse on his back, staggering short-legged, then arching his neck and lifting, thrusting, charging to slide the horse off, horse sliding down. Then the bull into a lunging charge at the cape Manuel spread for him.

The bull was slower now, Manuel felt. He was bleeding badly. There was a sheen of blood all down his flank.

Manuel offered him the cape again. There he came, eyes open, ugly, watching the cape. Manuel stepped to the side and raised his arms, tightening the cape ahead of the bull for the veronica.

Now he was facing the bull. Yes, his head was going down a little. He was carrying it lower. That was Zurito.

Manuel flopped the cape; there he comes; he side-stepped and swung in another veronica. He's shooting awfully accurately, he thought. He's had enough fight, so he's watching now. He's hunting now. Got his eye on me. But I always give him the cape.

He shook the cape at the bull; there he comes; he sidestepped. Awful close that time. I don't want to work that close to him.

The edge of the cape was wet with blood where it had swept along the bull's back as he went by.

All right, here's the last one.

Le picador, de nouveau sur pied, de jurer et de battre les bras. Manuel et Hernandez d'apprêter leurs capes. Et le taureau, le grand taureau noir, ayant sur le dos un cheval dont les sabots pendaient, la bride prise dans ses cornes, et le noir taureau, un cheval sur l'échine, de tituber sur ses courtes jambes, et de bander le cou et de le relever d'un coup sec et de galoper pour faire glisser le cheval, et le cheval de tomber à terre. Et le taureau de partir alors dans une charge haletante vers la cape que Manuel écartait devant lui.

La bête était plus lourde maintenant, Manuel le sentait. Elle saignait beaucoup. Un filet de sang brillait tout le long de son flanc.

Manuel présenta de nouveau la cape. Et le taureau avançait, les yeux ouverts, laid, épiant l'étoffe. Manuel fit un pas de côté et leva les bras, ramassant la cape devant l'animal pour la veronica.

À présent, il se trouvait face au taureau. Oui, il baissait la tête un peu. Il la portait bas. C'était la main de Zurito.

Manuel agita la cape — le voici! Il s'écarta et effectua une nouvelle veronica. Il cogne bougrement juste, pensait-il. Il s'est battu et maintenant il fait attention. Maintenant il nous cherche. Tient son œil sur moi. Mais c'est toujours la cape que j'lui donne.

Il agita l'étoffe vers le taureau — le voilà! Il s'écarta. Bougrement près cette fois. Faut pas que je travaille aussi près que ça.

Le bord de la cape était trempé par le sang du taureau aux endroits où elle avait balayé l'échine.

Bon, la dernière, maintenant.

Manuel, facing the bull, having turned with him each charge, offered the cape with his two hands. The bull looked at him. Eyes watching, horns straight forward, the bull looked at him, watching.

"Huh!" Manuel said, "Toro!" and leaning back, swung the cape forward. Here he comes. He side-stepped, swung the cape in back of him, and pivoted, so the bull followed a swirl of cape and then was left with nothing, fixed by the pass, dominated by the cape. Manuel swung the cape under his muzzle with one hand, to show the bull was fixed, and walked away.

There was no applause.

Manuel walked across the sand towards the barrera, while Zurito rode out of the ring. The trumpet had blown to change the act to the planting of the banderillos while Manuel had been working with the bull. He had not consciously noticed it. The monos were spreading canvas over the two dead horses and sprinkling sawdust around them.

Manuel came up to the barrera for a drink of water. Retana's man handed him the heavy porous jug.

Fuentes, the tall gypsy, was standing holding a pair of banderillos, holding them together, slim, red sticks, fish-hook points out. He looked at Manuel.

"Go on out there," Manuel said.

The gypsy trotted out. Manuel set down the jug and watched. He wiped his face with his handkerchief.

Manuel, face au taureau, dont il avait suivi le mouvement à chaque charge, présenta la cape à deux mains. Le taureau le regardait. Les yeux tournés vers lui, les cornes vers l'avant, le taureau le regardait, le fixait.

« Ouh ! fit Manuel. Toro ! » Et, rejetant le buste en arrière, il présentait la cape. Le voilà ! Il s'écarta, lança la cape derrière lui et tourna sur lui-même de telle sorte que le taureau, suivant un tourbillon de l'étoffe, se retrouva tout seul, abasourdi par la passe, dompté par la cape. Manuel fit passer d'une main sa cape sous le mufle de la bête pour montrer qu'elle était domptée, puis il s'éloigna.

Personne n'applaudit.

Manuel, traversant l'arène vers la barrera, aperçut Zurito qui sortait du cirque. Une sonnerie de trompette avait annoncé la suerte des banderilles pendant que Manuel travaillait le taureau. Il n'en avait pas eu conscience. Sur les cadavres des deux chevaux les monos étendaient des toiles, puis ils répandirent de la sciure tout autour.

Manuel s'approcha de la barrera pour boire un peu d'eau, et l'employé de Retana lui passa une grosse cruche en terre.

Fuentes, le grand gitan, se tenait là, sa paire de banderilles à la main, deux fines baguettes rouges avec un hameçon à la pointe. Il regardait Manuel.

« Vas-y », lui dit Manuel.

Le gitan prit sa course. Manuel posa la cruche et regarda, tout en s'essuyant le visage avec son mouchoir.

The critic of *El Heraldo* reached for the bottle of warm champagne that stood between his feet, he took a drink, and finished his paragraph.

"— the aged Manolo rated no applause for a vulgar series of lances with the cape and we entered the third of the palings."

Alone in the center of the ring the bull stood, still fixed. Fuentes, tall, flat-backed, walking towards him arrogantly, his arms spread out, the two slim, red sticks, one in each hand, held by the fingers, points straight forward. Fuentes walked forward. Back of him and to one side was a peon with a cape. The bull looked at him and was no longer fixed.

His eyes watched Fuentes, now standing still. Now he leaned back, calling to him. Fuentes twitched the two banderillos and the light on the steel points caught the bull's eye.

His tail went up and he charged.

He came straight, his eyes on the man. Fuentes stood still, leaning back, the banderillos pointing forward. As the bull lowered his head to hook, Fuentes leaned backward, his arms came together and rose, his two hands, touching, the banderillos two descending red lines, and leaning forward drove the points into the bull's shoulder, leaning far in over the bull's horns and pivoting on the two upright sticks, his legs tight together, his body curving to one side to let the bull pass.

"Olé!" from the crowd.

Le journaliste d'*El Heraldo* prit la bouteille de champagne tiède qui était entre ses pieds, but un peu, et termina son paragraphe :

« — le vieux Manolo termine sans bravos une quelconque série de lancers de cape et nous entrons dans le tercio des banderilles. »

Le taureau, seul au centre de l'arène, semblait encore étourdi. Et Fuentes, bien découplé, le dos plat, de se diriger vers lui fièrement, les deux minces baguettes rouges brandies les bras écartés, une dans chaque main, tenues par les doigts, les pointes en avant. Fuentes avança. Derrière et à côté de lui, un péon avec sa cape. Le taureau le regarda et son étourdissement parut se dissiper.

Ses yeux fixaient Fuentes, qui maintenant était immobile, qui maintenant cambrait le buste et le provoquait. Fuentes remuait ses deux banderilles et le scintillement des pointes d'acier attira le regard du taureau.

Il leva la queue et chargea.

Il fonça droit, les yeux sur l'homme. Fuentes ne bougeait pas, toujours cambré, les pointes des banderilles en avant. Quand le taureau baissa la tête pour donner un coup de corne, Fuentes plongea, réunit ses bras en l'air, les deux mains rapprochées, les banderilles comme deux flèches rouges qui s'abattaient, et il piqua les crochets dans le garrot de l'animal, se jetant par-dessus ses cornes et pivotant autour des deux bâtons plantés verticalement, les deux jambes serrées l'une contre l'autre, son corps incurvé d'un côté pour laisser passer le taureau.

« Olé ! » cria la foule.

The bull was hooking wildly, jumping like a trout, all four feet off the ground. The red shaft of the banderillos tossed as he jumped.

Manuel, standing at the barrera, noticed that he looked always to the right.

"Tell him to drop the next pair on the right," he said to the kid who started to run out to Fuentes with the new banderillos.

A heavy hand fell on his shoulder. It was Zurito.

"How do you feel, kid?" he asked.

Manuel was watching the bull.

Zurito leaned forward on the barrera, leaning the weight of his body on his arms. Manuel turned to him.

"You're going good," Zurito said.

Manuel shook his head. He had nothing to do now until the next third. The gypsy was very good with the banderillos. The bull would come to him in the next third in good shape. He was a good bull. It had all been easy up to now. The final stuff with the sword was all he worried over. He did not really worry. He did not even think about it. But standing there he had a heavy sense of apprehension. He looked out at the bull, planning his faena, his work with the red cloth that was to reduce the bull, to make him manageable.

Le taureau donnait des coups de corne sauvages, sautant comme une truite, les quatre pieds quittant le sol. À chaque bond les bois rouges des banderilles tressautaient.

Manuel, debout près de la barrera, remarqua qu'il regardait toujours à droite.

«Dis-lui de poser les prochaines à droite», lança-t-il au gamin qui courait porter à Fuentes la seconde paire de banderilles.

Une lourde main tomba sur son épaule. C'était Zurito.

«Comment ça va, petit?» demanda-t-il.

Manuel observait le taureau.

Zurito se pencha sur la barrera, appuyant le poids de son corps sur ses bras. Manuel se tourna vers lui.

«Tu marches bien», lui dit Zurito.

Manuel hocha la tête. Il n'avait rien à faire maintenant jusqu'au prochain tercio. Ce gitan était très adroit aux banderilles. Le taureau allait lui arriver au prochain tercio en bon état. C'était un bon taureau. Tout avait été facile jusqu'à présent. Le machin final de l'estoc, voilà ce qui l'embêtait. Ça ne l'embêtait pas dans le moment même. Il n'y pensait guère. Mais à rester là, comme ça, il avait un pénible sentiment d'appréhension. Il regardait du côté du taureau, méditant sa faena, son travail du chiffon rouge qui devait subjuguer le taureau, le rendre maniable.

The gypsy was walking out toward the bull again, walking heel-and-toe, insultingly, like a ballroom dancer, the red shafts of the banderillos, twitching with his walk. The bull watched him, not fixed now, hunting him, but waiting to get close enough so he could be sure of getting him, getting the horns into him.

As Fuentes walked forward the bull charged. Fuentes ran across the quarter of a circle as the bull charged and, as he passed running backwards, stopped, swung forward, rose on his toes, arms straight out, and sunk the banderillos straight down into the tight of the big shoulder muscles as the bull missed him.

The crowd were wild about it.

"That kid won't stay in this night stuff long," Retana's man said to Zurito.

"He's good," Zurito said.

"Watch him now."

They watched.

Fuentes was standing with his back against the barrera. Two of the cuadrilla were back of him, with their capes ready to flop over the fence to distract the bull.

The bull, with its tongue out, his barrel heaving, was watching the gypsy. He thought he had him now. Back against the red planks. Only a short charge away. The bull watched him.

The gypsy bent back, drew back his arms, the banderillos pointed at the bull. He called to the bull, stamping one foot.

Le gitan s'approchait une fois de plus du taureau, avec arrogance, d'un pas[1] aussi posé que celui d'un danseur dans une salle de bal, balançant en marchant les baguettes rouges des banderilles. Le taureau l'observait. Il n'était plus étourdi, mais à l'affût et attendait que l'homme fût assez près pour l'attraper à coup sûr. Pour lui rentrer ses cornes dans le corps.

Alors que Fuentes avançait, le taureau chargea. Fuentes décrivit un quart de cercle en courant quand la bête arriva au galop ; il revint en arrière, s'arrêta, l'esquiva et, dressé sur la pointe des pieds, les bras allongés, il piqua les banderilles juste en plein dans l'épaisseur du garrot au moment précis où le taureau le manquait.

L'assistance était folle.

« Ce gars-là ne va pas rester longtemps dans les nocturnes, dit à Zurito l'employé de Retana.

— Il est bon, dit Zurito.

— Regarde-le donc. »

Ils regardèrent.

Fuentes était debout, le dos contre la barrera. Deux hommes de la cuadrilla étaient derrière lui, les capes prêtes à battre la palissade pour distraire l'attention du taureau.

La langue pendante, le tronc lourd, celui-ci épiait le gitan. Il le tenait maintenant, pensait-il. Le dos à la palissade rouge. Juste une petite charge. Le taureau l'observait.

Le gitan cambra le buste, leva les bras en arrière, les banderilles tournées vers le taureau. Il l'excita, tapa du pied.

---

1. *Heel* : talon ; *toe* : orteil.

The bull was suspicious. He wanted the man. No more barbs in the shoulder.

Fuentes walked a little closer to the bull. Bent back. Called again. Somebody in the crowd shouted a warning.

"He's too damn close," Zurito said.

"Watch him," Retana's man said.

Leaning back, inciting the bull with the banderillos, Fuentes jumped, both feet off the ground. As he jumped the bull's tail rose and he charged. Fuentes came down on his toes, arms straight out, whole body arching forward, and drove the shafts straight down as he swung his body clear of the right horn.

The bull crashed into the barrera where the flopping capes had attracted his eye as he lost the man.

The gypsy came running along the barrera toward Manuel, taking the applause of the crowd. His vest was ripped where he had not quite cleared the point of the horn. He was happy about it, showing it to the spectators. He made the tour of the ring. Zurito saw him go by, smiling, pointing at his vest. He smiled.

Somebody else was planting the last pair of banderillos. Nobody was paying any attention.

Retana's man tucked a baton inside the red cloth of a muleta, folded the cloth over it, and handed it over the barrera to Manuel.

Le taureau se méfiait. C'est l'homme qu'il voulait. Plus de crochets dans l'épaule.

Fuentes s'approcha davantage du taureau. Se cambra. Provoqua encore. Dans la foule quelqu'un lui cria de faire attention.

« Il est trop près, bon Dieu ! dit Zurito.

— Regarde-le », dit l'employé de Retana.

Se penchant en arrière, excitant le taureau de ses banderilles, Fuentes sauta, quittant terre des deux pieds. Alors qu'il bondissait, le taureau leva la queue et fonça. Fuentes retomba sur la pointe des pieds, les bras allongés, tout le corps se pliant comme un arc vers le taureau, et il planta ses banderilles en même temps qu'il dérobait son corps à la corne droite.

Le taureau s'écrasa contre la barrera où les capes battantes avaient attiré ses yeux qui venaient de perdre l'homme de vue.

Le gitan revenait vers Manuel, courant le long de l'enceinte sous les bravos de la foule. Sa veste avait été déchirée par la pointe d'une corne qu'il n'avait pas tout à fait évitée. Il en était très fier et la montrait aux spectateurs. Il fit le tour de la piste. Zurito le vit passer, radieux, montrant sa veste. Il souriait.

Quelqu'un d'autre était en train de poser la dernière paire de banderilles. Mais personne n'y faisait attention.

L'employé de Retana glissa un bâton dans le tissu rouge de la muleta, roula l'étoffe autour du bâton et passa le tout à Manuel par-dessus la barrera.

He reached in the leather sword-case, took out a sword, and holding it by its leather scabbard, reached it over the fence to Manuel. Manuel pulled the blade out by the red hilt and the scabbard fell limp.

He looked at Zurito. The big man saw he was sweating.

"Now you get him, kid," Zurito said.

Manuel nodded.

"He's in good shape," Zurito said.

"Just like you want him," Retana's man assured him.

Manuel nodded.

The trumpeter, up under the roof, blew for the final act, and Manuel walked across the arena toward where, up in the dark boxes, the president must be.

In the front row of seats the substitute bull-fight critic of *El Heraldo* took a long drink of the warm champagne. He had decided it was not worth while to write a running story and would write up the corrida back in the office. What the hell was it anyway? Only a nocturnal. If he missed anything he would get it out of the morning papers. He took another drink of the champagne. He had a date at Maxim's at twelve. Who were these bull-fighters anyway? Kids and bums. A bunch of bums. He put his pad of paper in his pocket and looked over toward Manuel, standing very much alone in the ring, gesturing with his hat in a salute toward a box he could not see high up in the dark plaza.

Il attrapa l'étui en cuir, y prit une épée et, la tenant par son fourreau de cuir, la tendit également par-dessus la barrera. Manuel tira la lame par la poignée rouge et le mol étui retomba.

Il regarda Zurito. Le grand gaillard vit qu'il était en sueur.

« Maintenant tu vas l'avoir, petit », dit Zurito.

Manuel approuva de la tête.

« Il est à point, dit Zurito.

— Juste comme il te le fallait », assura l'employé de Retana.

Manuel approuva de la tête.

Le trompettiste, là-haut sous les toits, sonna le tercio final et Manuel traversa l'arène, se dirigeant vers l'endroit où, dans une loge obscure, devait être le président.

Au premier rang des gradins, le critique tauromachique par intérim d'*El Heraldo* but une longue gorgée de son champagne tiède. Il venait de se dire que, décidément, ce n'était pas la peine de prendre des notes sur place et qu'il ferait aussi bien son papier à la salle de rédaction. Que diable était-ce après tout ? Une méchante nocturne ! S'il ratait quelque chose, il l'apprendrait demain par les journaux du matin. Il but une autre gorgée de champagne. Il avait un rendez-vous chez Maxim's à minuit. Qu'est-ce que c'était après tout que ces toreros ? Des mômes et des voyous. Une bande de voyous. Il fourra son bloc-notes dans sa poche et regarda du côté où Manuel, tout seul au milieu du cirque, faisait avec sa toque un grand salut vers une loge invisible, perdue là-haut dans la noire plaza.

Out in the ring the bull stood quiet, looking at nothing.

"I dedicate this bull to you, Mr President, and to the public of Madrid, the most intelligent and generous of the world," was what Manuel was saying. It was a formula. He said it all. It was a little long for nocturnal use.

He bowed at the dark, straightened, tossed his hat over his shoulder, and carrying the muleta in his left hand and the sword in his right, walked out toward the bull.

Manuel walked toward the bull. The bull looked at him; his eyes were quick. Manuel noticed the way the banderillos hung down on his left shoulder and the steady sheen of blood from Zurito's pic-ing. He noticed the way the bull's feet were. As he walked forward, holding the muleta in his left hand and the sword in his right, he watched the bull's feet. The bull could not charge without gathering his feet together. Now he stood square on them, dully.

Manuel walked toward him, watching his feet. This was all right. He could do this. He must work to get the bull's head down, so he could go in past the horns and kill him. He did not think about the sword, not about killing the bull. He thought about one thing at a time. The coming things oppressed him, though. Walking forward, watching the bull's feet, he saw successively his eyes, his wet muzzle and the wide, forward-pointing spread of his horns. The bull had light circles about his eyes. His eyes watched Manuel.

Dans l'arène le taureau était tranquille et ne regardait rien.

« Je dédie ce taureau, à vous, monsieur le Président, et au public de Madrid, le plus averti et le meilleur de tous » — voilà ce que Manuel était en train de dire. C'était une formule. Il la dit sans changer un mot. C'était un peu pompeux pour une nocturne.

Il salua l'ombre, se redressa, lança sa coiffure pardessus son épaule et, la muleta dans la main gauche et l'épée dans la droite, il se dirigea vers le taureau.

Manuel avançait vers le taureau. Le taureau le regardait venir. Son œil était vif. Manuel remarqua la façon dont les banderilles pendaient sur l'épaule gauche et le filet de sang brillant qui coulait constamment des blessures causées par la pique de Zurito. Il remarqua la manière dont les pattes du taureau étaient placées. Et tout en avançant, la muleta dans la main gauche et l'épée dans la droite, il surveillait les pattes du taureau. Jamais un taureau ne charge sans les rapprocher au préalable. Mais les siennes étaient écartées et il demeurait ainsi, passif.

Manuel avançait vers lui, surveillant ses pattes. C'était parfait. Il réussirait. Il n'y avait qu'à faire baisser la tête à ce taureau pour l'atteindre après les cornes et le tuer. Il ne pensait ni à l'épée ni à l'acte de tuer qui viendrait ensuite. Il ne pensait qu'à une chose à la fois. Pourtant ce qui allait arriver l'oppressait. Avançant et surveillant les pattes de la bête, il entrevit successivement les yeux, le mufle baveux, et les larges cornes, écartées et menaçantes. Elle avait des cercles clairs autour des yeux. Ses yeux suivaient Manuel.

He felt he was going to get this little one with the white face.

Standing still now and spreading the red cloth of the muleta with the sword, pricking the point into the cloth so that the sword, now held in his left hand, spread the red flannel like the jib of a boat, Manuel noticed the points of the bull's horns. One of them was splintered from banging against the barrera. The other was sharp as a porcupine quill. Manuel noticed while spreading the muleta that the white base of the horn was stained red. While he noticed these things he did not lose sight of the bull's feet. The bull watched Manuel steadily.

He's on the defensive now, Manuel thought. He's reserving himself. I've got to bring him out of that and get his head down. Always get his head down. Zurito had his head down once, but he's come back. He'll bleed when I start him going and that will bring it down.

Holding the muleta, with the sword in his left hand widening it in front of him, he called to the bull.

The bull looked at him.

He leaned back insultingly and shook the widespread flannel.

The bull saw the muleta. It was a bright scarlet under the arc-light. The bull's legs tightened.

Here he comes. Whoosh! Manuel turned as the bull came and raised the muleta so that it passed over the bull's horns and swept down his broad back from head to tail.

Elle se disait qu'elle allait découdre ce petit bonhomme à la figure pâle.

S'étant arrêté et ayant tendu le tissu rouge de la muleta avec sa lame, la pointe piquée dans l'étoffe de telle façon que l'épée, qu'il tenait maintenant dans la main gauche, déployait la flanelle rouge comme le foc d'un navire, Manuel remarqua l'extrémité des cornes. L'une d'elles s'était fendue lors du choc contre la barrera. L'autre était pointue comme un piquant de porc-épic. En déployant sa muleta, Manuel remarqua également que la base blanche des cornes était tachée de rouge. Tout en notant ces détails il ne perdait pas de vue les pieds du taureau qui, sans bouger, continuait de regarder Manuel.

Il se tient sur la défensive, se disait Manuel. Sur la réserve. Il faut que je l'en fasse sortir et que je lui fasse baisser la tête. Toujours leur faire baisser la tête. Zurito la lui a mise en bas une fois mais maintenant c'est passé. Si je le fais déguerpir il saignera et ça l'alourdira de nouveau.

Ouvrant la muleta devant lui, l'épée dans la main gauche, il provoqua le taureau.

Le taureau le regardait.

Manuel se cambra, arrogant, et agita la flanelle qu'il écartait largement.

Le taureau aperçut la muleta. Elle était, sous les lumières des lampes à arc, d'une vive écarlate. Les jambes du taureau se rapprochèrent.

Le voilà ! Wouf… Manuel tourna sur lui-même au moment où la bête arrivait et, levant la muleta, il la fit passer par-dessus les cornes et balaya la large échine depuis la tête jusqu'à la queue.

The bull had gone clean up in the air with the charge. Manuel had not moved.

At the end of the pass the bull turned like a cat coming around a corner and faced Manuel.

He was on the offensive again. His heaviness was gone. Manuel noted the fresh blood shining down the black shoulder and dripping down the bull's leg. He drew the sword out of the muleta and held it in his right hand. The muleta held low down in his left hand, leaning toward the left, he called to the bull. The bull's legs tightened, his eyes on the muleta. Here he comes, Manuel thought. Yuh!

He swung with the charge, sweeping the muleta ahead of the bull, his feet firm, the sword following the curve, a point of light under the arcs.

The bull recharged as the pase natural finished and Manuel raised the muleta for a pase de pecho. Firmly planted, the bull came by his chest under the raised muleta. Manuel leaned his head back to avoid the clattering banderillo shafts. The hot, black bull body touched his chest as it passed.

Too damn close, Manuel thought. Zurito, leaning on the barrera, spoke rapidly to the gypsy, who trotted out toward Manuel with a cape.

1. *Pase natural*: passe exécutée avec la muleta en position basse.

2. *Pase de pecho*: passe exécutée après une *pase natural,*

L'élan avait emporté le taureau en l'air. Manuel n'avait pas bougé.

À la fin de la passe le taureau fit un crochet sur place, comme un chat qui débouche derrière le coin d'un mur, et se retrouva en face de Manuel.

Il était de nouveau sur l'offensive. Sa pesanteur s'était dissipée. Manuel remarqua le sang frais qui luisait le long de l'épaule noire et gouttait sur la jambe. De la main droite il retira l'estoc de la muleta et, celle-ci dans l'autre main, la tenant assez bas, il se pencha à gauche et excita le taureau. Le taureau raidit les jambes, les yeux sur la muleta. Le voilà ! se dit Manuel. Hop !

Devant la trombe, il se pencha de côté, soulevant la muleta devant le taureau, les pieds immobiles. Et l'épée, suivant la courbe qu'il décrivit, fit comme une ligne de feu sous les lumières.

Le taureau chargea encore quand fut finie la pase natural[1] et Manuel leva la muleta pour une pase de pecho[2]. Alors qu'il était fermement planté sur ses jambes, le taureau passa près de sa poitrine sous la muleta qu'il tenait en l'air. Manuel jeta la tête en arrière pour éviter les banderilles dont les bois s'entrechoquaient. Le flanc noir et chaud lui frôla la poitrine en passant.

Trop près, bon Dieu ! se dit Manuel. Zurito, penché sur la barrera, lança un mot au gitan qui courut se mettre derrière Manuel avec une cape.

lorsque le taureau charge à nouveau. L'homme fait passer le taureau près de sa poitrine (*pecho*) et l'écarte d'un mouvement de la muleta.

177

Zurito pulled his hat down low and looked out across the arena at Manuel.

Manuel was facing the bull again, the muleta held low and to the left. The bull's head was down as he watched the muleta.

"If it was Belmonte doing that stuff, they'd go crazy," Retana's man said.

Zurito said nothing. He was watching Manuel out in the center of the arena.

"Where did the boss dig this fellow up?" Retana's man asked.

"Out of the hospital," Zurito said.

"That's where he's going damn quick," Retana's man said. Zurito turned on him.

"Knock on that," he said, pointing to the barrera.

"I was just kidding, man," Retana's man said.

"Knock on the wood."

Retana's man leaned forward and knocked three times on the barrera.

"Watch the faena," Zurito said.

Out in the center of the ring, under the lights, Manuel was kneeling, facing the bull, and as he raised the muleta in both hands the bull charged, tail up.

Manuel swung his body clear and, as the bull recharged, brought around the muleta in a half-circle that pulled the bull to his knees.

"Why, that one's a great bull-fighter," Retana's man said.

"No, he's not," said Zurito.

Zurito enfonça son chapeau sur ses yeux et regarda Manuel à travers l'arène.

Manuel, la muleta basse et sur sa gauche, était une fois de plus en face du taureau. Le mufle près de terre, la bête épiait la muleta.

« Si c'était Belmonte qui faisait ces trucs, dit l'employé de Retana, tout le monde en deviendrait fou. »

Zurito ne répondit rien. Il regardait Manuel au centre de l'arène.

« Où le patron a-t-il pêché ce copain-là ? demanda l'autre.

— À l'hôpital, dit Zurito.

— Il va y rentrer en vitesse, bon Dieu », dit l'employé de Renata. Zurito se tourna vers lui.

« Touche ça, dit-il, en montrant la barrera.

— Je blaguais, mon vieux, dit l'employé de Renata.

— Touche du bois. »

L'homme se pencha et frappa trois fois sur la palissade.

« Regarde la faena », dit Zurito.

Là-bas, au centre de la piste, sous les lumières, Manuel était agenouillé en face du taureau. Au moment où il levait la muleta des deux mains, le taureau chargea, la queue en l'air.

Manuel jeta son corps de côté et, quand le taureau se précipita de nouveau, il ramena la muleta dans un demi-cercle qui mit le taureau sur ses genoux.

« Y a pas, c'est un bon torero, dit l'employé de Renata.

— Non, dit Zurito, tu te trompes. »

Manuel stood up and, the muleta in his left hand, the sword in his right, acknowledged the applause from the dark plaza.

The bull had humped himself up from his knees and stood waiting, his head hung low.

Zurito spoke to two of the other lads of the cuadrilla and they ran out to stand back of Manuel with their capes. There were four men back of him now. Hernandez had followed him since he first came out with the muleta. Fuentes stood watching, his cape held against his body, tall, in repose, watching lazy-eyed. Now the two came up. Hernandez motioned them to stand one at each side. Manuel stood alone, facing the bull.

Manuel waved back the men with the capes. Stepping back cautiously, they saw his face was white and sweating.

Didn't they know enough to keep back? Did they want to catch the bull's eye with the capes after he was fixed and ready? He had enough to worry about without that kind of thing.

The bull was standing, his four feet square, looking at the muleta. Manuel furled the muleta in his left hand. The bull's eyes watched it. His body was heavy on his feet. He carried his head low, but not too low.

Manuel lifted the muleta at him. The bull did not move. Only his eyes watched.

He's all lead, Manuel thought. He's all square. He's framed right. He'll take it.

Manuel se releva et la muleta dans la main gauche, l'estoc dans la droite, répondit aux applaudissements de l'obscure plaza.

Le taureau s'était remis sur ses jambes et attendait, le front bas.

Zurito dit un mot à deux autres jeunes gars de la cuadrilla, et ils coururent se mettre derrière Manuel avec leurs capes. Quatre hommes étaient derrière lui maintenant. Hernandez le suivait depuis le moment où il avait pris la muleta. Fuentes était attentif, sa cape contre le corps, grand, calme, observant d'un œil flegmatique. Et voilà les deux autres qui arrivaient. Hernandez leur fit prendre place chacun d'un côté. Manuel était en avant, seul en face du taureau.

Il fit signe aux hommes de se reculer avec leurs capes. S'éloignant d'un pas circonspect ils virent que le visage de Manuel était pâle et couvert de sueur.

Est-ce qu'ils ne savaient pas qu'ils devaient se tenir à distance ? Est-ce qu'ils voulaient attirer l'œil du taureau avec leurs sacrées capes maintenant qu'il était étourdi et à point ? Il avait assez de soucis sans ça.

Les quatre sabots écartés, le taureau regardait la muleta que Manuel enroulait sur sa main gauche. Les yeux du taureau la suivaient. Son corps était lourd sur ses jambes. Sa tête basse mais pas trop encore.

Manuel agitait la muleta devant lui. Le taureau ne bougeait pas. Ses yeux seuls guettaient.

Il est en plomb, se dit Manuel. Il est tout carré… Il est bien encadré. Il va y avoir droit.

He thought in bull-fight terms. Sometimes he had a thought and a particular piece of slang would not come into his mind and he could not realize the thought. His instincts and his knowledge worked automatically, and his brain worked slowly and in words. He knew all about bulls. He did not have to think about them. He just did the right thing. His eyes noted things and his body performed the necessary measures without thought. If he thought about it, he would be gone.

Now, facing the bull, he was conscious of many things at the same time. There were the horns, the one splintered, the other smoothly sharp, the need to profile himself towards the left horn, lance himself short and straight, lower the muleta so the bull would follow it, and, going in over the horns, put the sword all the way into a little spot about as big as a five-peseta piece straight in the back of the neck, between the sharp pitch of the bull's shoulders. He must do all this and must then come out from between the horns. He was conscious he must do all this, but his only thought was in words : "Corto y derecho."

"Corto y derecho," he thought, furling the muleta. Short and straight.

Il pensait en termes de toreo. Parfois, il lui venait une pensée mais, le mot d'argot qu'il lui fallait ne lui venant pas à l'esprit, il ne pouvait pas la réaliser. Ses instincts et sa connaissance agissaient automatiquement, son cerveau agissait lentement et avec des mots. Il savait tout ce qui a rapport aux taureaux. Nul besoin d'y penser. Il faisait toujours l'acte même qui convenait. Ses yeux voyaient, et son corps procédait aux mesures nécessaires sans penser. S'il y pensait il était fichu.

En ce moment, face au taureau, il avait conscience de bien des choses à la fois. Il y avait les cornes — une déchiquetée, l'autre lisse et acérée —, la nécessité de se mettre de profil devant la corne gauche, de se lancer droit et court, de baisser sa muleta pour que le taureau suive le mouvement vers le bas et de filer entre les cornes, d'enfoncer toute la longueur de l'estoc dans un petit espace à peu près aussi grand qu'une pièce de cinq pesetas juste à l'arrière du cou, entre les éminences osseuses des épaules du taureau. Il fallait faire tout ça et puis filer ensuite entre les cornes. Il avait conscience qu'il devait faire tout cela, mais sa pensée se résumait dans les mots : « *Corto y derecho*[1]. »

« *Corto y derecho* », pensait-il, et il enroulait la muleta. Court et droit.

1. *Corto y derecho* : court et droit.

Corto y derecho, he drew the sword out of the muleta, profiled on the splintered left horn, dropped the muleta across his body, so his right hand with the sword on the level with his eye made the sign of the cross, and, rising on his toes, sighted along the dipping blade of the sword at the spot high up between the bull's shoulders.

Corto y derecho he launched himself on the bull.

There was a shock, and he felt himself go up in the air. He pushed on the sword as he went up and over, and it flew out of his hand. He hit the ground and the bull was on him. Manuel, lying on the ground, kicked at the bull's muzzle with his slippered feet. Kicking, kicking, the bull after him, missing him in his excitement, bumping him with his head, driving the horns into the sand. Kicking like a man keeping a ball in the air, Manuel kept the bull from getting a clean thrust at him.

Manuel felt the wind on his back from the capes flopping at the bull, and then the bull was gone, gone over him in a rush. Dark, as his belly went over. Not even stepped on.

Manuel stood up and picked up the muleta. Fuentes handed him the sword. It was bent where it had struck the shoulderblade. Manuel straightened it on his knee and ran towards the bull, standing now beside one of the dead horses. As he ran, his jacket flopped where it had been ripped under his armpit.

"Get him out of there," Manuel shouted to the gypsy.

Corto y derecho : il retira l'épée de la muleta, se plaça de profil devant la corne déchiquetée, ramena la muleta en travers de son corps de telle sorte que sa main droite, l'épée horizontale à la hauteur de l'œil, dessinât avec le bras gauche allongé une sorte de croix et, se dressant sur la pointe des pieds, il visa le long de la lame en l'inclinant vers le point situé tout là-bas entre les épaules du taureau.

Corto y derecho ! Il s'élança sur le taureau.

Il y eut un choc et il se sentit quitter le sol. Il poussait sur l'estoc tandis qu'il s'élevait et décrivait sa trajectoire, mais l'arme lui vola de la main. Manuel toucha le sol et le taureau fut sur lui. Manuel, couché sur le dos, de ses pieds chaussés d'escarpins, frappait le mufle de l'animal. Trépignant, trépignant, le taureau sur lui, le taureau qui le manquait dans sa fureur, qui le bousculait de la tête, qui enfonçait ses cornes dans le sable, jouant des pieds comme un homme qui jongle en l'air avec une balle, Manuel empêcha le taureau de placer son coup de corne.

Manuel sentit derrière lui le vent des capes qu'on agitait et le taureau disparut, passant par-dessus lui d'un bond. L'ombre de son ventre qui passait. Pas même piétiné.

Manuel se releva et ramassa la muleta. Fuentes lui tendit l'épée qui s'était tordue sur l'omoplate. Manuel la redressa sur son genou et courut vers le taureau qui s'était arrêté près du cadavre d'un des chevaux. Tandis qu'il courait, sa veste, déchirée, battait sous l'aisselle.

« Fais-le sortir de là », cria Manuel au gitan.

The bull had smelled the blood of the dead horse and ripped into the canvas-cover with his horns. He charged Fuentes's cape, with the canvas hanging from his splintered horn, and the crowd laughed. Out in the ring, he tossed his head to rid himself of the canvas. Hernandez, running up from behind him, grabbed the end of the canvas and neatly lifted it off the horn.

The bull followed it in a half-charge and stopped still. He was on the defensive again. Manuel was walking towards him with the sword and the muleta. Manuel swung the muleta before him. The bull would not charge.

Manuel profiled toward the bull, sighting along the dipping blade of the sword. The bull was motionless, seemingly dead on his feet, incapable of another charge.

Manuel rose to his toes, sighting along the steel, and charged.

Again there was the shock and he felt himself being borne back in a rush, to strike hard on the sand. There was no chance of kicking this time. The bull was on top of him. Manuel lay as though dead, his head on his arms, and the bull bumped him. Bumped his back, bumped his face in the sand. He felt the horn go into the sand between his folded arms. The bull hit him in the small of the back. His face drove into the sand. The horn drove through one of his sleeves and the bull ripped it off. Manuel was tossed clear and the bull followed the capes.

Le taureau avait senti le sang du cheval tué et déchirait des cornes la toile qui le recouvrait. Il chargea contre la cape de Fuentes, la toile accrochée à sa corne fendue. Un rire courut dans la foule. Au milieu du cirque il secouait la tête pour s'en débarrasser. Hernandez arriva par-derrière et attrapant l'étoffe par un bout la retira prestement de la corne.

Le taureau la suivit en esquissant une charge, puis s'arrêta. Il était de nouveau sur la défensive. Manuel venait à lui avec l'épée et la muleta. Il agitait la muleta devant lui. Le taureau ne chargeait pas.

Manuel se plaça de profil par rapport au taureau, visant le long de la lame inclinée. Le taureau restait immobile, semblant mort sur ses jambes et sans forces pour charger.

Visant le long de l'acier, Manuel se dressa sur les orteils et se précipita.

Pour la seconde fois il y eut un choc. Il se sentit renversé brutalement et il heurta durement le sable. Il n'y avait pas moyen de jouer des pieds cette fois. Le taureau était sur lui. Manuel était allongé, faisant le mort, la tête dans les bras, et le taureau le frappait, frappait son dos, frappait son visage dans le sable. Il sentit la corne pénétrer dans le sable entre ses bras pliés. Le taureau le toucha dans les reins. Son visage s'enfonça dans le sable. La corne pénétra dans une de ses manches et la déchira. On libéra Manuel et le taureau suivit les capes.

Manuel got up, found the sword and muleta, tried the point of the sword with his thumb, and ran towards the barrera for a new sword.

Retana's man handed him the sword over the edge of the barrera.

"Wipe off your face," he said.

Manuel, running back again toward the bull, wiped his bloody face with his handkerchief. He had not seen Zurito. Where was Zurito?

The cuadrilla had stepped away from the bull and waited with their capes. The bull stood, heavy and dull again after the action.

Manuel walked toward him with the muleta. He stopped and shook it. The bull did not respond. He passed it right and left, left and right before the bull's muzzle. The bull's eyes watched it and turned with the swing, but he would not charge. He was waiting for Manuel.

Manuel was worried. There was nothing to do but go in. Corto y derecho. He profiled close to the bull, crossed the muleta in front of his body and charged. As he pushed in the sword, he jerked his body to the left to clear the horn. The bull passed him and the sword shot up in the air, twinkling under the arc-lights, to fall red-hilted on the sand.

Manuel ran over and picked it up. It was bent and he straightened it over his knee.

As he came running toward the bull, fixed again now, he passed Hernandez standing with his cape.

"He's all one," the boy said encouragingly.

Manuel se releva, trouva l'estoc et sa muleta, essaya la pointe de sa lame avec son pouce puis courut en chercher une nouvelle.

L'employé de Renata la lui passa par-dessus la barrera.

«Essuie-toi la figure», dit celui-ci.

Manuel, retournant au pas de course vers le taureau, épongea de son mouchoir son visage ensanglanté. Il n'avait pas vu Zurito. Où était Zurito?

La cuadrilla s'était écartée du taureau et attendait, les capes à la main. Le taureau était là, de nouveau lourd et mou après l'effort.

Manuel alla à lui avec sa muleta. Il s'arrêta et l'agita. Le taureau ne bougea pas. Il la fit passer de droite à gauche et de gauche à droite devant le mufle du taureau. Les yeux de la bête le regardèrent et suivirent le balancement de l'étoffe mais elle ne chargea pas. Elle attendait Manuel.

Manuel était tracassé. Rien à faire, il fallait y aller. *Corto y derecho.* Il se profila tout près du taureau, croisa la muleta devant son corps et se précipita. Tandis qu'il enfonçait l'épée, il jeta son corps à gauche pour éviter la corne. Le taureau passa près de lui et l'épée partit dans les airs, scintillante sous les becs électriques, pour retomber sur le sable avec sa poignée rouge.

Manuel courut la ramasser. Elle était tordue et il la redressa sur son genou.

Comme il revenait en courant vers le taureau alourdi de nouveau, il passa près de Hernandez et de sa cape.

«Il est tout en os», dit celui-ci pour l'encourager.

Manuel nodded, wiping his face. He put the bloody handkerchief in his pocket.

There was the bull. He was close to the barrera now. Damn him. Maybe he was all bone. Maybe there was not any place for the sword to go in. The hell there wasn't! He'd show them.

He tried a pass with the muleta and the bull did not move. Manuel chopped the muleta back and forth in front of the bull. Nothing doing.

He furled the muleta, drew the sword out, profiled and drove in on the bull. He felt the sword buckle as he shoved it in, leaning his weight on it, and then it shot high in the air, end-over-ending into the crowd. Manuel jerked clear as the sword jumped.

The first cushions thrown down out of the dark missed him. Then one hit him in the face, his bloody face looking toward the crowd. They were coming down fast. Spotting the sand. Somebody threw an empty champagne-bottle from close range. It hit Manuel on the foot. He stood there watching the dark where the things were coming from. Then something whished through the air and struck by him. Manuel leaned over and picked it up. It was his sword. He straightened it over his knee and gestured with it to the crowd.

"Thank you," he said. "Thank you."

Oh, the dirty bastards! Dirty bastards! Oh, the lousy, dirty bastards! He kicked into a cushion as he ran.

Manuel, essuyant son visage, approuva de la tête. Il remit le mouchoir ensanglanté dans sa poche.

Voilà le taureau. Tout près de la barrera maintenant. Le diable l'emporte ! Peut-être bien qu'il est tout en os. Peut-être bien qu'il n'y a pas un coin où l'estoc puisse entrer. Du diable s'il n'y en a pas ! Il va leur montrer.

Il essaya une passe avec la muleta, le taureau ne bougeait pas. Manuel agita la muleta d'avant en arrière devant l'animal. Rien à faire.

Il enroula la muleta, tira l'épée, se plaça de profil et se précipita sur le taureau. Il sentit l'épée se tordre pendant qu'il l'enfonçait en appuyant sur elle de tout son poids, et puis elle sauta en l'air, très haut, la pointe en l'air, et alla tomber parmi les spectateurs. Manuel s'était écarté d'un bond au moment où l'épée sautait.

Les premiers coussins qu'on lui jeta des ténèbres le manquèrent. Puis il en reçut un sur le visage, sur son visage ensanglanté qui se levait du côté de la foule. Ils tombaient, nombreux, faisant des taches sur le sable. Quelqu'un jeta d'un gradin voisin une bouteille de champagne vide. Elle tomba sur le pied de Manuel. Il restait là, regardant ces ténèbres d'où pleuvaient des choses. Puis un objet siffla dans l'air et le frôla au passage. Manuel se baissa et le ramassa. C'était son épée. Il la redressa sur son genou et la brandit vers la foule.

« Merci ! dit-il. Merci. »

Oh ! les sales cochons ! Sales cochons ! Oh ! les sales pouilleux de cochons ! Et en courant il donna un coup de pied dans un coussin.

There was the bull. The same as ever. All right, you dirty, lousy bastard!

Manuel passed the muleta in front of the bull's black muzzle.

Nothing doing.

You won't! All right. He stepped close and jammed the sharp peak of the muleta into the bull's damp muzzle.

The bull was on him as he jumped back and as he tripped on a cushion he felt the horn go into him, into his side. He grabbed the horn with his two hands and rode backward, holding tight onto the place. The bull tossed him and he was clear. He lay still. It was all right. The bull was gone.

He got up coughing and feeling broken and gone. The dirty bastards!

"Give me the sword," he shouted. "Give me the stuff."

Fuentes came up with the muleta and the sword.

Hernandez put his arms around him.

"Go on to the infirmary, man," he said. "Don't be a damn fool."

"Get away from me," Manuel said. "Get to hell away from me."

He twisted free. Hernandez shrugged his shoulders. Manuel ran toward the bull.

There was the bull standing, heavy, firmly planted.

All right, you bastard! Manuel drew the sword out of the muleta, sighted with the same movement, and flung himself onto the bull. He felt the sword go in all the way. Right up to the guard. Four fingers and his thumb into the bull.

Voilà le taureau. Toujours le même. Très bien, toi, sale cochon de pouilleux !

Manuel passa la muleta devant le mufle noir du taureau.

Rien à faire.

Tu ne veux pas ! C'est bon. Il s'approcha davantage et enfonça la pointe acérée de la muleta dans le mufle baveux du taureau.

Il sauta en arrière mais il trébucha sur un coussin et le taureau fut sur lui. Il sentit la corne qui le perforait, qui lui perforait le côté. Il empoigna la corne à deux mains et recula en sautillant et en se tenant ferme. Le taureau le rejeta et il s'en trouva dégagé. Il ne bougeait plus. Tout allait bien, le taureau était parti.

Il se releva en toussant et se sentit rompu et anéanti. Les sales cochons !

« Passe-moi l'estoc, cria-t-il. Passez-moi le chiffon. »

Fuentes s'approcha avec la muleta et l'épée.

Hernandez lui mit le bras autour du corps.

« Va à l'infirmerie, mon vieux, dit-il. Fais pas l'idiot.

— Au large ! dit Manuel. Fous le camp au large, bon Dieu ! »

Il se dégagea d'un coup de reins. Hernandez haussa les épaules. Manuel courut vers le taureau.

Le taureau était là, lourd sur ses pattes écartées.

Te voilà, toi, cochon ! Manuel tira l'épée de la muleta, visa comme les autres fois et s'élança sur le taureau. Il sentit que la lame s'enfonçait de toute sa longueur. Jusqu'à la garde. Ses quatre doigts et son pouce dans le taureau.

The blood was hot on his knuckles, and he was on top of the bull.

The bull lurched with him as he lay on, and seemed to sink; then he was standing clear. He looked at the bull going down slowly over on his side, then suddenly four feet in the air.

Then he gestured at the crowd, his hand warm from the bull blood.

All right, you bastards! he wanted to say something, but he started to cough. It was hot and choking. He looked down for the muleta. He must go over and salute the president. President hell! He was sitting down looking at something. It was the bull. His four feet up. Thick tongue out. Things crawling around on his belly and under his legs. Crawling where the hair was thin. Dead bull. To hell with the bull! To hell with them all! He started to get to his feet and commenced to cough. He sat down again, coughing. Somebody came and pushed him up.

They carried him across the ring to the infirmary, running with him across the sand, standing blocked at the gate as the mules came in, then around under the dark passageway, men grunting as they took him up the stairway, and then laid him down.

The doctor and two men in white were waiting for him. They laid him out on the table. They were cutting away his shirt. Manuel felt tired. His whole chest felt scalding inside. He started to cough and they held something to his mouth. Everybody was very busy.

Le sang était chaud sur les jointures et il était au-dessus du taureau.

Le taureau fléchit sous lui et il s'affaissa et Manuel se retrouva sur ses jambes. Il regarda la bête s'écrouler, rouler doucement sur le côté, puis soudainement les quatre pattes en l'air.

Puis il gesticula vers le public, sa main chaude du sang du taureau.

Voilà, tas de cochons! Il voulait dire quelque chose mais il se mit à tousser. C'était chaud, ça l'étranglait. Il chercha la muleta des yeux. Il fallait qu'il aille saluer le président. Au diable le président! Il était assis par terre en train de regarder quelque chose. C'était le taureau. Quatre pattes en l'air. Grosse langue pendante. Des choses qui se répandaient autour de son ventre et sous ses jambes. Qui se répandaient là où le poil est court. Taureau mort. Au diable le taureau! Au diable tout le monde! Il voulut se mettre debout et recommença de tousser. Il se rassit en toussant. Quelqu'un s'approcha et le releva.

Des hommes le portaient à l'infirmerie, ils traversaient l'arène, courant sur le sable, s'arrêtant devant la grille pour laisser passer les mules, puis tournant sous la voûte obscure; les hommes bougonnaient en montant des marches et on le fit s'allonger.

Le docteur et deux hommes en blanc l'attendaient. Ils le couchèrent sur la table. Ils coupèrent sa chemise. Manuel se sentait las. Il sentait toute sa poitrine brûlante. Il recommença de tousser et on lui mit quelque chose sur la bouche. Chacun s'affairait beaucoup.

There was an electric light in his eyes. He shut his eyes.

He heard some one coming very heavily up the stairs. Then he did not hear it. Then he heard a noise far off. That was the crowd. Well, somebody would have to kill his other bull. They had cut away all his shirt. The doctor smiled at him. There was Retana.

"Hello, Retana!" Manuel said. He could not hear his voice.

Retana smiled at him and said something. Manuel could not hear it.

Zurito stood beside the table, bending over where the doctor was working. He was in his picador clothes, without his hat.

Zurito said something to him. Manuel could not hear it.

Zurito was speaking to Retana. One of the men in white smiled and handed Retana a pair of scissors. Retana gave them to Zurito. Zurito said something to Manuel. He could not hear it.

To hell with this operating-table. He'd been on plenty of operating-tables before. He was not going to die. There would be a priest if he was going to die.

Zurito was saying something to him. Holding up the scissors.

That was it. They were going to cut off his coleta. They were going to cut off his pigtail.

Manuel sat up on the operating-table. The doctor stepped back, angry. Some one grabbed him and held him.

Il avait la lumière électrique dans l'œil. Il ferma les paupières.

Il entendait quelqu'un qui montait lourdement les marches. Puis il ne l'entendit plus. Puis il entendit un bruit, très loin. Ça, c'était le public. Bon! faudrait que quelqu'un tue l'autre taureau pour lui. On l'avait dépouillé de sa chemise coupée en morceaux. Le docteur lui souriait. Et voilà Retana.

«Hé! Retana», dit Manuel. Il n'entendait pas sa voix.

Retana sourit et dit quelque chose. Manuel ne l'entendait pas.

Zurito était à côté de la table, penché vers le docteur et regardant ce qu'il faisait. Il avait son costume de picador mais pas son chapeau.

Zurito dit quelque chose à Manuel. Il ne l'entendait pas.

Zurito parlait à Retana. Un des hommes en blanc sourit et tendit à Retana une paire de ciseaux. Retana les passa à Zurito. Zurito dit quelque chose à Manuel. Il n'entendait pas.

Au diable la table d'opération. C'est pas la première fois qu'on le collait sur une table d'opération. Il n'était pas à l'article de la mort. On aurait fait venir un prêtre s'il avait été à l'article de la mort.

Zurito lui disait quelque chose. Il avançait les ciseaux.

Ça y est. On allait couper sa coleta. On allait couper sa queue-de-rat.

Manuel se dressa sur la table d'opération. Le docteur se recula avec humeur. Quelqu'un l'attrapa et le retint.

"You couldn't do a thing like that, Manos," he said.

He heard suddenly, clearly, Zurito's voice.

"That's all right," Zurito said. "I won't do it. I was joking."

"I was going good," Manuel said. "I didn't have any luck. That was all."

Manuel lay back. They had put something over his face. It was all familiar. He inhaled deeply. He felt very tired. He was very, very tired. They took the thing away from his face.

"I was going good," Manuel said weakly. "I was going great."

Retana looked at Zurito and started for the door.

"I'll stay here with him," Zurito said.

Retana shrugged his shoulders.

Manuel opened his eyes and looked at Zurito.

"Wasn't I going good, Manos?" he asked, for confirmation.

"Sure," said Zurito. "You were going great."

The doctor's assistant put the cone over Manuel's face and he inhaled deeply. Zurito stood awkwardly, watching.

« Tu ne feras pas une chose comme ça, Manos »,
dit Manuel.

Il entendit soudain, et clairement, la voix du
picador.

« Mais non, dit Zurito. Je ne veux pas le faire.
C'était pour blaguer.

— Je marchais bien, dit Manuel. Je n'ai pas eu
de veine. C'est tout. »

Il se recoucha. On avait mis quelque chose sur
son visage. Tout cela était familier. Il aspira profondément. Il se sentait très las. Il était très, très
las. On retira l'objet de son visage.

« Je marchais bien, dit Manuel faiblement. Je
marchais rudement bien. »

Retana regarda Zurito, puis gagna la porte.

« Je reste près de lui », dit Zurito.

Retana fit un mouvement des épaules.

Manuel ouvrit les yeux et regarda Zurito.

« Pas, que je marchais bien, Manos ? demanda-
t-il, attendant une confirmation.

— Bien sûr, répondit l'autre. Tu marchais rudement bien. »

L'assistant du docteur remit le cône sur la figure
de Manuel qui aspira profondément. Zurito restait là, tout gauche, à le regarder.

The Killers

Les tueurs

The door of Henry's lunch-room opened and two men came in. They sat down at the counter.

"What's yours?" George asked them.

"I don't know," one of the men said. "What do you want to eat, Al?"

"I don't know," said Al. "I don't know what I want to eat."

Outside it was getting dark. The street-lights came on outside the window. The two men at the counter read the menu. From the other end of the counter Nick Adams watched them. He had been talking to George when they came in.

"I'll have a roast pork tenderloin with apple sauce and mashed potatoes," the first man said.

"It isn't ready yet."

La porte du restaurant[1] chez Henry's s'ouvrit et deux hommes entrèrent. Ils s'assirent devant le comptoir.

« Qu'est-ce que ce sera[2] ? leur demanda George.

— J'sais pas, dit l'un des hommes. Qu'est-ce que tu veux bouffer, Al ?

— J'sais pas, fit Al. J'sais pas ce que je veux bouffer. »

Dehors il commençait à faire sombre. Les réverbères s'allumèrent derrière la vitre. Les deux hommes assis au comptoir consultèrent le menu. À l'autre bout du comptoir, Nick Adams les regardait. Il discutait avec George quand ils étaient entrés.

« Pour moi un filet de porc rôti avec de la marmelade aux pommes et des pommes purée, fit le premier des deux hommes.

— C'est pas encore prêt.

1. *Lunch-room* : restaurant bon marché.
2. *What's yours* (familier) : *What would you like ?*

"What the hell do you put it on the card for?"

"That's the dinner," George explained. "You can get that at six o'clock."

George looked at the clock on the wall behind the counter.

"It's five o'clock."

"The clock says twenty minutes past five," the second man said.

"It's twenty minutes fast."

"Oh, to hell with the clock," the first man said. "What have you got to eat?"

"I can give you any kind of sandwiches," George said. "You can have ham and eggs, bacon and eggs, liver and bacon, or a steak."

"Give me chicken croquettes with green peas and cream sauce and mashed potatoes."

"That's the dinner."

"Everything we want's the dinner, eh? That's the way you work it."

"I can give you ham and eggs, bacon and eggs, liver—"

"I'll take ham and eggs," the man called Al said. He wore a derby hat and a black overcoat buttoned across the chest. His face was small and white and he had tight lips. He wore a silk muffler and gloves.

"Give me bacon and eggs," said the other man. He was about the same size as Al. Their faces were different, but they were dressed like twins.

— Alors pourquoi que vous foutez ça sur la carte ?

— C'est pour le dîner, expliqua George. Je pourrai vous servir ça à six heures. »

George regarda l'horloge accrochée au mur derrière le comptoir.

« Il est cinq heures.

— La pendule dit cinq heures vingt, fit le deuxième homme.

— Elle avance de vingt minutes.

— Ah ! et puis merde avec la pendule ! fit le premier. Qu'est-ce que vous avez à bouffer ?

— J'peux vous servir des sandwiches de n'importe quelle sorte, dit George. J'peux vous servir des œufs au jambon, des œufs au bacon, du foie au bacon ou du bifteck.

— Donnez-moi des croquettes de poulet sauce crème, des petits pois et des pommes purée.

— Ça c'est pour le dîner.

— Alors quoi, tout ce qu'on demande c'est pour le dîner ? C'est comme ça que vous travaillez ?

— J'peux vous servir des œufs au jambon, des œufs au bacon, du foie...

— Moi, ce sera des œufs au jambon », fit l'homme qui s'appelait Al. Il portait un melon et un pardessus noir croisé sur la poitrine. Il avait une petite figure toute blanche et des lèvres serrées. Il portait un cache-nez en soie et des gants.

« Donnez-moi des œufs au bacon », fit l'autre. Il était à peu près de la même taille qu'Al. Leurs visages étaient différents, mais ils étaient vêtus comme des jumeaux.

Both wore overcoats too tight for them. They sat leaning forward, their elbows on the counter.

"Got anything to drink?" Al asked.

"Silver beer, bevo, ginger-ale," George said.

"I mean you got anything to *drink*?"

"Just those I said."

"This is a hot town," said the other. "What do they call it?"

"Summit."

"Ever hear of it?" Al asked his friend.

"No," said the friend.

"What do you do here nights?" Al asked.

"They eat the dinner," his friend said. "They all come her and eat the big dinner."

"That's right," George said.

"So you think that's right?" Al asked George.

"Sure."

"You're a pretty bright boy, aren't you?"

"Sure," said George.

"Well, you're not," said the other little man. "Is he, Al?"

"He's dumb," said Al. He turned to Nick. "What's your name?"

"Adams."

Les deux portaient des pardessus trop étroits. Ils étaient assis, le buste en avant, les coudes sur le comptoir.

« Vous servez à boire ? demanda Al.

— Bière argent, *bevo, ginger ale*[1], fit George.

— J'ai dit : vous servez à *boire* ?

— Uniquement ce que je viens de dire.

— À la bonne heure, il est gai, le patelin, fit l'autre. Comment y s'appelle ?

— Summit[2].

— T'en avais déjà entendu causer, toi ? demanda Al à son ami.

— Non, répondit l'ami.

— Qu'est-ce qu'on fabrique ici, la nuit ? demanda Al.

— On bouffe le dîner, dit son ami. On vient ici bouffer le grrrand dîner.

— C'est juste », fit George.

Al s'adressa à George : « Tu trouves que c'est juste, toi ?

— Sûr, fit George.

— Toi, t'es un petit loustic[3], pas vrai ?

— Sûr, dit George.

— Eh bien, c'est pas vrai, fit l'autre petit homme. Tu crois que c'est un petit loustic, toi, Al ?

— Moi ? Je crois que c'est un idiot », fit Al, qui se tourna vers Nick. « Comment tu t'appelles ?

— Adams.

---

1. *Silver bear, bevo, ginger ale* : boissons sans alcool.
2. Summit : ville de l'Illinois, proche de Chicago.
3. *Bright* : intelligent, malin.

"Another bright boy," Al said. "Ain't he a bright boy, Max?"

"The town's full of bright boys," Max said.

George put the two platters, one of ham and eggs, the other of bacon and eggs, on the counter. He set down two side-dishes of fried potatoes and closed the wicket into the kitchen.

"Which is yours?" he asked Al.

"Don't you remember?"

"Ham and eggs."

"Just a bright boy," Max said. He leaned forward and took the ham and eggs. Both men ate with their gloves on. George watched them eat.

"What are *you* looking at?" Max looked at George.

"Nothing."

"The hell you were. You were looking at me."

"Maybe the boy meant it for a joke, Max," Al said.

George laughed.

"*You* don't have to laugh," Max said to him. "*You* don't have to laugh at all, see?"

"All right," said George.

"So he thinks it's all right." Max turned to Al. "He thinks it's all right. That's a good one."

"Oh, he's a thinker," Al said. They went on eating.

— Encore un petit loustic, fit Al. Pas vrai que c'est[1] un petit loustic, Max ?

— Le patelin est plein de petits loustics », dit Max.

George posa sur le comptoir les deux plats, l'un avec les œufs au jambon, l'autre avec les œufs au bacon. Il mit à côté les deux accompagnements de pommes frites et ferma le guichet de la cuisine.

« Lequel est pour vous ? demanda-t-il à Al.

— Tu t'en rappelles pas ?

— Les œufs au jambon.

— Ah ! petit loustic ! » fit Max. Il se pencha et attira à lui les œufs au jambon. Les deux hommes mangèrent sans ôter leurs gants. George les regardait manger.

« Qu'est-ce que tu regardes, *toi* ? fit Max en fixant George.

— Moi ? Rien.

— Faut pas me dire ça. T'étais en train de me regarder.

— Le pauvre gosse, c'était peut-être pour rire, Max », dit Al.

George rit.

« *Toi*, t'as pas besoin de rire, lui dit Max. *Toi*, t'as pas besoin de rire du tout, compris ?

— Ça va », fit George.

Max se retourna vers Al : « Dis donc, il pense que ça va. Il pense que ça va. Elle est bonne, celle-là.

— Oh ! c'est un vrai penseur », fit Al. Ils continuèrent de manger.

1. *Ain't : isn't.*

"What's the bright boy's name down the counter?" Al asked Max.

"Hey, bright boy," Max said to Nick. "You go around on the other side of the counter with your boy friend."

"What's the idea?" Nick asked.

"There isn't any idea."

"You better go around, bright boy," Al said. Nick went around behind the counter.

"What's the idea?" George asked.

"None of your damn business," Al said. "Who's out in the kitchen?"

"The nigger."

"What do you mean the nigger?"

"The nigger that cooks."

"Tell him to come in."

"What's the idea?"

"Tell him to come in."

"Where do you think you are?"

"We know damn well where we are," the man called Max said. "Do we look silly?"

"You talk silly," Al said to him. "What the hell do you argue with this kid for? Listen," he said to George, "tell the nigger to come out here."

"What are you going to do to him?"

"Nothing. Use your head, bright boy. What would we do to a nigger?"

«Comment qu'il s'appelle, le petit loustic qui est au bout du comptoir? demanda Al à Max.

— Hé, là-bas, le petit loustic, fit Max en s'adressant à Nick. Passe donc derrière le comptoir et mets-toi avec ton petit copain.

— Qu'est-ce qui vous prend? demanda Nick.

— Rien du tout.

— Je te conseille de passer derrière le comptoir, petit loustic», fit Al. Nick passa derrière le comptoir.

«Qu'est-ce qui vous prend? demanda George.

— C'est pas tes oignons, fit Al. Qui est dans la cuisine?

— Le nègre.

— Qui ça, le nègre?

— Le nègre qui fait la cuisine.

— Dis-lui qu'il s'amène par ici.

— Pourquoi ça?

— Dis-lui qu'il s'amène par ici.

— Où croyez-vous donc que vous êtes?

— On le sait très bien[1], fit le nommé Max. Ce serait-y qu'on a l'air idiot?

— Tu causes comme un idiot, lui dit Al. Pourquoi tu discutes comme ça avec ce gosse? Écoute, fit-il à George, dis au nègre qu'il s'amène par ici.

— Qu'est-ce que vous allez lui faire?

— On veut rien lui faire. Sers-toi donc de ta caboche, petit loustic. Qu'est-ce que nous autres on ferait à un nègre?»

---

1. *Damn* : *very*.

211

George opened the slit that opened back into the kitchen. "Sam," he called. "Come in here a minute."

The door to the kitchen opened and the nigger came in. "What was it?" he asked. The two men at the counter took a look at him.

"All right, nigger. You stand right there," Al said.

Sam, the nigger, standing in his apron, looked at the two men sitting at the counter. "Yes, sir," he said. Al got down from his stool.

"I'm going back to the kitchen with the nigger and bright boy," he said. "Go on back to the kitchen, nigger. You go with him, bright boy." The little man walked after Nick and Sam, the cook, back into the kitchen. The door shut after them. The man called Max sat at the counter opposite George. He didn't look at George but looked in the mirror that ran along back of the counter. Henry's had been made over from a saloon into a lunch-counter.

"Well, bright boy," Max said, looking into the mirror, "why don't you say something?"

"What's it all about?"

"Hey, Al," Max called, "bright boy wants to know what it's all about."

"Why don't you tell him?" Al's voice came from the kitchen.

"What do you think it's all about?"

"I don't know."

"What do you think?"

George poussa le guichet qui ouvrait dans la cuisine. « Sam, appela-t-il. Viens ici une minute. »

La porte de la cuisine s'ouvrit et le nègre entra. « Qu'est-ce qu'on me veut ? » demanda-t-il. Les deux hommes assis au comptoir lui jetèrent un coup d'œil.

« Ça va bien, le nègre. Ne bouge pas de là », fit Al.

Sam, le nègre, debout et ceint de son tablier, regarda les deux hommes assis au comptoir. « Oui, m'sieur », fit-il. Al descendit de son tabouret.

« Moi, je vais dans la cuisine avec le nègre et le petit loustic, fit-il. Rentre dans ta cuisine, le nègre. Toi, tu vas avec lui, petit loustic. » Le petit homme entra dans la cuisine derrière Nick et Sam, le cuisinier. La porte se referma sur eux. Le nommé Max resta assis au comptoir, devant George. Il ne regardait pas George, mais la glace qui courait derrière le comptoir. Chez Henry's avait été un bar avant d'être transformé en restaurant.

« Eh bien, petit loustic, fit Max, l'œil sur le miroir, pourquoi tu ne dis rien ?

— Qu'est-ce que c'est que toute cette histoire ?

— Hé, Al, appela Max, le petit loustic veut savoir ce que c'est que toute cette histoire !

— Pourquoi tu ne lui dis pas ? fit la voix d'Al depuis la cuisine.

— Qu'est-ce que tu crois que c'est, cette histoire ?

— Je ne sais pas.

— Tu dois avoir une idée. »

Max looked into the mirror all the time he was talking.

"I wouldn't say."

"Hey, Al, bright boy says he wouldn't say what he thinks it's all about."

"I can hear you, all right," Al said from the kitchen. He had propped open the slit that dishes passed through into the kitchen with a catsup bottle. "Listen, bright boy," he said from the kitchen to George. "Stand a little further along the bar. You move a little to the left, Max." He was like a photographer arranging for a group picture.

"Talk to me, bright boy," Max said. "What do you think's going to happen?"

George did not say anything.

"I'll tell you," Max said. "We're going to kill a Swede. Do you know a big Swede named Ole Andreson?"

"Yes."

"He comes here to eat every night, don't he?"

"Sometimes he comes here."

"He comes here at six o'clock, don't he?"

"If he comes."

"We know all that, bright boy," Max said. "Talk about something else. Ever go to the movies?"

"Once in a while."

"You ought to go to the movies more. The movies are fine for a bright boy like you."

Max ne quittait pas le miroir des yeux tout en parlant.

«J'veux pas la dire.

— Hé, Al, le petit loustic dit comme ça qu'il veut pas dire quelle idée qu'il a de cette histoire.

— J'entends bien», fit Al de la cuisine. Avec une bouteille de sauce tomate il avait calé en position ouverte le guichet qui permettait de passer les plats dans la cuisine. «Écoute, petit loustic, fit-il à George de la cuisine. Mets-toi un peu plus loin sur le comptoir. Toi, Max, appuie un peu à gauche.» Il avait l'air d'un photographe qui fait poser un groupe.

«Cause-moi donc, petit loustic, fit Max. Qu'est-ce que tu crois qui va se passer?»

George ne souffla mot.

«Je vais te le dire, moi, fit Max. On va tuer un Suédois. Tu connais un grand Suédois qui s'appelle Ole[1] Andreson?

— Oui.

— Il bouffe ici tous les soirs, pas vrai?

— Des fois il vient ici.

— Il vient à six heures, pas vrai?

— Quand il vient.

— On le sait, petit loustic, dit Max. Cause-moi d'autre chose. Tu vas quéquefois au cinéma?

— Des fois.

— Tu devrais y aller plus souvent[2]. Le cinéma c'est bath pour un type dans ton genre.

---

1. *Ole*: abréviation de *Olaf* ou de *Old*.
2. *More* (familier) : *more often*.

"What are you going to kill Ole Andreson for? What did he ever do to you?"

"He never had a chance to do anything to us. He never even seen us."

"And he's only going to see us once," Al said from the kitchen.

"What are you going to kill him for, then?" George asked.

"We're killing him for a friend. Just to oblige a friend, bright boy."

"Shut up," said Al from the kitchen. "You talk too goddam much."

"Well, I got to keep bright boy amused. Don't I, bright boy?"

"You talk too damn much," Al said. "The nigger and my bright boy are amused by themselves. I got them tied up like a couple of girl friends in the convent."

"I suppose you were in a convent?"

"You never know."

"You were in a kosher convent. That's where you were."

George looked up at the clock.

"If anybody comes in you tell them the cook is off, and if they keep after it, you tell them you'll go back and cook yourself. Do you get that, bright boy?"

"All right," George said. "What you going to do with us afterward?"

"That'll depend," Max said. "That's one of those things you never know at the time."

George looked up at the clock. It was a quarter past six.

— Pourquoi vous allez tuer Ole Andreson ? Qu'est-ce qu'il vous a fait ?

— Il a jamais eu l'occasion de nous faire quéque chose. Y nous a même jamais vus.

— Et y nous verra qu'une fois, fit Al depuis la cuisine.

— Alors, pourquoi vous allez le tuer ? demanda George.

— On va le tuer pour un ami. Juste pour rendre service à un ami, petit loustic.

— Ta gueule, fit Al depuis la cuisine. Tu causes trop.

— Ben quoi ! Faut bien le distraire, le petit loustic. Pas vrai, petit loustic ?

— Tu causes trop, je te dis, fit Al. Le nègre et mon petit loustic à moi, ils se distraient tout seuls. Je les ai ficelés comme une paire de copines au couvent.

— On croirait que tu y as été, au couvent.

— Qu'est-ce que t'en sais ?

— Alors, c'était dans un couvent à youpins. Voilà ce que c'était. »

George consulta l'horloge.

« Si quelqu'un s'amène, tu lui diras que le cuistot il est de sortie, et s'il insiste, tu lui diras que tu vas dans la cuisine pour lui faire son manger toi-même. T'as saisi, petit loustic ?

— Ça va bien, fit George. Qu'est-ce que vous nous ferez, après ?

— Ça dépend, dit Max. C'est une de ces choses qu'on ne peut pas dire d'avance. »

George regarda l'horloge. Il était six heures et quart.

The door from the street opened. A street-car motorman came in.

"Hello, George," he said. "Can I get supper?"

"Sam's gone out," George said. "He'll be back in about half an hour."

"I'd better go up the street," the motorman said. George looked at the clock. It was twenty minutes past six.

"That was nice, bright boy," Max said. "You're a regular little gentleman."

"He knew I'd blow his head off," Al said from the kitchen.

"No," said Max. "It ain't that. Bright boy is nice. He's a nice boy. I like him."

At six-fifty-five George said : "He's not coming."

Two other people had been in the lunch-room. Once George had gone out to the kitchen and made a ham-and-egg sandwich "to go" that a man wanted to take with him. Inside the kitchen he saw Al, his derby hat tipped back, sitting on a stool beside the wicket with the muzzle of a sawed-off shotgun resting on the ledge. Nick and the cook were back to back in the corner, a towel tied in each of their mouths. George had cooked the sandwich, wrapped it up in oiled paper, put it in a bag and brought it in, and the man had paid for it and gone out.

"Bright boy can do everything," Max said.

La porte du restaurant s'ouvrit. Un wattman[1] entra.

« Hello, George, fit-il. On peut manger ?

— Sam est sorti, fit George. Y sera de retour dans une demi-heure à peu près.

— Alors, je suis obligé d'aller ailleurs », dit le wattman. George regarda l'horloge. Elle marquait six heures vingt.

« T'as bien dit ça, petit loustic, fit Max. T'es un vrai petit gentleman.

— Y savait que je lui ferais sauter le caisson, dit Al depuis la cuisine.

— Non, dit Max. C'est pas ça. Le petit loustic est gentil tout plein. C'est un bon petit gars. Moi, y me botte. »

À six heures cinquante-cinq, George dit : « Y viendra plus. »

Deux autres clients étaient entrés dans la salle. Une fois, George était allé à la cuisine pour préparer un sandwich au jambon et aux œufs qu'un homme voulait emporter[2]. Dans la cuisine il avait vu Al, le melon sur la nuque, assis sur un tabouret à côté du guichet, la gueule d'un fusil de chasse aux canons sciés appuyée sur l'allège. Nick et le cuisinier étaient dos à dos dans un coin, une serviette attachée sur la bouche. George avait fait cuire le sandwich, l'avait enveloppé de papier huilé, mis dans un sac et il l'avait apporté à l'homme qui avait payé puis était sorti.

« Le petit loustic y sait tout faire, dit Max.

---

1. Conducteur de tramway.
2. *A sandwich "to go"* : un sandwich à emporter.

"He can cook and everything. You'd make some girl a nice wife, bright boy."

"Yes?" George said. "Your friend, Ole Andreson, isn't going to come."

"We'll give him ten minutes," Max said.

Max watched the mirror and the clock. The hands of the clock marked seven o'clock, and then five minutes past seven.

"Come on, Al," said Max. "We better go. He's not coming."

"Better give him five minutes," Al said from the kitchen.

In the five minutes a man came in, and George explained that the cook was sick.

"Why the hell don't you get another cook?" the man asked. "Aren't you running a lunch-counter?" He went out.

"Come on, Al," Max said.

"What about the two bright boys and the nigger?"

"They're all right."

"You think so?"

"Sure. We're through with it."

"I don't like it," said Al. "It's sloppy. You talk too much."

"Oh, what the hell," said Max. "We got to keep amused, haven't we?"

"You talk too much, all the same," Al said. He came out from the kitchen. The cut-off barrels of the shotgun made a slight bulge under the waist of his too tight-fitting overcoat. He straightened his coat with his gloved hands.

Y sait cuisiner, y sait tout faire. Tu feras le bonheur d'une gonzesse, petit loustic.

— Pas possible ? fit George. Votre copain, Ole Andreson, y viendra plus.

— On va lui donner dix minutes de plus», fit Max.

Max guettait le miroir et l'horloge. Les aiguilles de l'horloge marquèrent sept heures, puis sept heures cinq.

«Allons-nous-en, Al, dit Max. Vaut mieux s'en aller. Y viendra plus.

— Autant lui donner encore cinq minutes», fit Al depuis la cuisine.

Pendant ces cinq minutes, un homme entra, George lui expliqua que le cuisinier était malade.

«Alors, pourquoi vous prenez pas un autre cuistot ? demanda l'homme. C'est-y donc que vous ne tenez pas un restaurant ?» Il s'en alla.

«Mettons-les, Al, dix Max.

— Et les deux petits loustics et le nègre ?

— Ils causeront pas.

— Tu crois ça, toi ?

— Sûr. Nous, on a fini.

— Moi, j'aime pas ça, dit Al. C'est pas de l'ouvrage bien fait. Tu causes trop.

— Oh ! et puis merde ! dit Max. Faut bien se distraire, pas vrai ?

— C'est égal, tu causes trop», fit Al. Il sortit de la cuisine. Les canons sciés du fusil faisaient un léger renflement sous la ceinture de son pardessus trop étroit. Il arrangea son manteau avec ses mains gantées.

"So long, bright boy," he said to George. "You got a lot of luck."

"That's the truth," Max said. "You ought to play the races, bright boy."

The two of them went out the door. George watched them, through the window, pass under the arc-light and cross the street. In their tight overcoats and derby hats they looked like a vaudeville team. George went back through the swinging door into the kitchen and untied Nick and the cook.

"I don't want any more of that," said Sam, the cook. "I don't want any more of that."

Nick stood up. He had never had a towel in his mouth before.

"Say," he said. "What the hell?" He was trying to swagger it off.

"They were going to kill Ole Andreson," George said. "They were going to shoot him when he came in to eat."

"Ole Andreson?"

"Sure."

The cook felt the corners of his mouth with his thumbs.

"They all gone?" he asked.

"Yeah," said George. "They're gone now."

"I don't like it," said the cook. "I don't like any of it at all."

"Listen," George said to Nick. "You better go see Ole Andreson."

"All right."

«À la revoyure, petit loustic, dit-il à George. Tu peux dire que t'es verni.

— Ça, c'est la vérité vraie, fit Max. Tu devrais jouer aux courses, petit loustic.»

Les deux hommes sortirent. Par la vitre, George les regarda passer sous le réverbère et traverser la rue. Avec leur pardessus étroit et leur melon, ils avaient l'air d'une paire de comiques de music-hall. George poussa la porte battante et entra dans la cuisine. Il délia Nick et le cuisinier.

«J'ai mon compte, fit Sam, le cuistot. Moi, j'ai mon compte, voilà ce que je dis.»

Nick se redressa. C'était la première fois qu'on lui mettait une serviette dans la bouche.

«Dites donc, fit-il, en voilà une histoire!» Il essayait de crâner.

«Ils voulaient tuer Ole Andreson, dit George. Ils comptaient lui tirer dessus quand il entrerait.

— Ole Andreson?

— Sûr.»

Le cuistot tâta les commissures de ses lèvres avec ses pouces.

«Y sont partis tous les deux? demanda-t-il.

— Ouais, fit George. Ils sont partis.

— J'aime pas ça, dit le cuistot. J'aime pas du tout du tout ça.»

— Dis donc, dit George à Nick, tu ferais bien d'aller voir Ole Andreson.

— Bon.

"You better not have anything to do with it at all," Sam, the cook, said. "You better stay way out of it."

"Don't go if you don't want to," George said.

"Mixing up in this ain't going to get you anywhere," the cook said. "You stay out of it."

"I'll go see him," Nick said to George. "Where does he live?"

The cook turned away.

"Little boys always know what they want to do," he said.

"He lives up at Hirsch's rooming-house," George said to Nick.

"I'll go up there."

Outside the arc-light shone through the bare branches of a tree. Nick walked up the street beside the car-tracks and turned at the next arc-light down a side-street. Three houses up the street was Hirsch's rooming-house. Nick walked up the two steps and pushed the bell. A woman came to the door.

"Is Ole Andreson here?"

"Do you want to see him?"

"Yes, if he's in."

Nick followed the woman up a flight of stairs and back to the end of a corridor. She knocked on the door.

"Who is it?"

— Vous feriez mieux de ne pas fourrer le nez dans cette histoire, fit Sam, le cuistot. Vous feriez mieux de rester le plus loin possible de cette histoire.

— N'y va pas si tu n'y tiens pas, fit George.

— Ça vous rapportera rien de bon de vous mêler de ça, fit le cuistot. Restez en dehors de cette affaire.

— J'y vais, dit Nick s'adressant à George. Où c'est qu'il habite ? »

Le cuistot tourna le dos.

« Les jeunes gens, ça sait toujours les choses mieux que personne », fit-il.

George dit à Nick : « Il habite à la pension Hirsch.

— J'y vais. »

Dehors la lampe à arc brillait à travers les branches nues d'un arbre. Nick remonta la rue le long des rails du tramway et tourna au réverbère suivant dans une rue latérale. La pension Hirsch était la quatrième[1] maison de la rue. Nick gravit les deux marches et poussa le bouton de sonnette. Une femme parut sur le seuil.

« Ole Andreson est là ?

— Vous voulez le voir ?

— Oui, s'il est là. »

Nick suivit la femme au premier et jusqu'au fond d'un corridor. Elle frappa à la porte.

« Qui va là ?

---

1. *Three houses up…* : la pension Hirsh était après la troisième maison.

"It's somebody to see you, Mr Andreson," the woman said.

"It's Nick Adams."

"Come in."

Nick opened the door and went into the room. Ole Andreson was lying on the bed with all his clothes on. He had been a heavyweight prize-fighter and he was too long for the bed. He lay with his head on two pillows. He did not look at Nick.

"What was it?" he asked.

"I was up at Henry's," Nick said, "and two fellows came in and tied up me and the cook, and they said they were going to kill you."

It sounded silly when he said it. Ole Andreson said nothing.

"They put us out in the kitchen," Nick went on. "They were going to shoot you when you came in to supper."

Ole Andreson looked at the wall and did not say anything.

"George thought I better come and tell you about it."

"There isn't anything I can do about it," Ole Andreson said.

"I'll tell you what they were like."

"I don't want to know what they are like," Ole Andreson said. He looked at the wall. "Thanks for coming to tell me about it."

"That's all right."

Nick looked at the big man lying on the bed.

"Don't you want me to go and see the police?"

"No," Ole Andreson said. "That wouldn't do any good."

— C'est quelqu'un qui veut vous voir, monsieur Andreson, fit la femme.

— C'est Nick Adams.

— Entrez. »

Nick ouvrit la porte et entra dans la chambre. Ole Andreson était étendu, tout habillé, sur son lit. Ancien boxeur poids lourd, il était trop long pour le lit. Il était couché, la tête sur deux oreillers. Il ne regarda pas Nick.

« Qu'est-ce qu'il y a ? demanda-t-il.

— J'étais chez Henry's, dit Nick, deux types sont entrés et nous ont attachés, moi et le cuistot, et ont dit qu'ils allaient vous tuer. »

Ç'avait l'air bête, ce qu'il disait. Ole Andreson ne dit mot.

« Ils nous ont planqués dans la cuisine, reprit Nick. Ils comptaient vous tirer dessus quand vous entreriez pour dîner. »

Ole Andreson regardait le mur et ne disait rien.

« George a dit comme ça que je ferais bien de venir vous prévenir.

— J'y peux rien, fit Ole Andreson.

— Je vais vous dire comment ils sont.

— Je veux pas le savoir », dit Ole Andreson. Il regardait le mur. « Merci tout de même d'être venu me dire ça.

— Oh, de rien. »

Nick regardait le grand corps étendu sur le lit.

« Vous voulez que j'aille prévenir la police ?

— Non, répondit Ole Andreson. Ça ne ferait rien de bon.

"Isn't there something I could do?"

"No. There ain't anything to do."

"Maybe it was just a bluff."

"No. It ain't just a bluff."

Ole Andreson rolled over toward the wall.

"The only thing is," he said, talking toward the wall, "I just can't make up my mind to go out. I been in here all day."

"Couldn't you get out of town?"

"No," Ole Andreson said. "I'm through with all that running around."

He looked at the wall.

"There ain't anything to do now."

"Couldn't you fix it up some way?"

"No. I got in wrong." He talked in the same flat voice. "There ain't anything to do. After a while I'll make up my mind to go out."

"I better go back and see George," Nick said.

"So long," said Ole Andreson. He did not look toward Nick. "Thanks for coming around."

Nick went out. As he shut the door he saw Ole Andreson with all his clothes on, lying on the bed looking at the wall.

"He's been in his room all day," the landlady said downstairs. "I guess he don't feel well. I said to him : 'Mr Andreson, you ought to go out and take a walk on a nice fall day like this,' but he didn't feel like it."

"He doesn't want to go out."

— Je peux faire quelque chose pour vous?

— Non. On ne peut rien faire.

— Peut-être que c'était du bluff?

— Non. C'est pas du bluff. »

Ole Andreson se retourna vers le mur.

« La seule chose, fit-il, parlant vers le mur, c'est que je peux pas me décider à sortir. Je suis resté ici toute la journée.

— Vous pourriez pas quitter la ville?

— Non, dit Ole Andreson. J'en ai marre de cavaler comme ça. »

Il regardait le mur.

« Et puis y a plus rien à faire maintenant.

— Vous pourriez pas arranger ça?

— Non. Je m'suis mis dans mon tort. » Il parlait toujours de la même voix monocorde. « Y a rien à faire. Dans quéque temps je m'déciderai à sortir.

— Alors, moi, je retourne chez George, fit Nick.

— À la revoyure », fit Ole Andreson. Il ne regarda pas dans la direction de Nick. « Merci encore d'être venu. »

Nick sortit. En refermant la porte, il vit Ole Andreson, tous ses vêtements sur le corps, qui regardait le mur, étendu sur son lit.

« Il est resté toute la journée dans sa chambre, lui dit en bas la logeuse. Pour moi, il ne se sent pas bien. Je lui ai dit comme ça : "Monsieur Andreson, vous devriez sortir vous promener un peu par cette belle journée d'automne", mais ça lui disait rien.

— Y veut pas sortir.

"I'm sorry he don't feel well," the woman said. "He's an awfully nice man. He was in the ring, you know."

"I know it."

"You'd never know it except from the way his face is," the woman said. They stood talking just inside the street door. "He's just a gentle."

"Well, good-night, Mrs Hirsch," Nick said.

"I'm not Mrs Hirsch," the woman said. "She owns the place. I just look after it for her. I'm Mrs Bell."

"Well, good-night, Mrs Bell," Nick said.

"Good-night," the woman said.

Nick walked up the dark street to the corner under the arc-light, and then along the car-tracks to Henry's eating-house. George was inside back of the counter.

"Did you see Ole?"

"Yes," said Nick. "He's in his room and he won't go out."

The cook opened the door from the kitchen when he heard Nick's voice.

"I don't even listen to it," he said and shut the door.

"Did you tell him about it?" George asked.

"Sure. I told him but he knows what it's all about."

"What's he going to do?"

"Nothing."

"They'll kill him."

"I guess they will."

"He must have got mixed up in something in Chicago."

— Je regrette qu'il se sente pas bien, dit la femme. C'est un homme tout ce qu'il y a de comme il faut. Il était dans la boxe, vous savez.

— Je sais.

— On dirait jamais, sauf à voir l'état de sa figure », fit la femme. Ils causaient contre la porte de la rue. « Il est doux comme un agneau.

— Alors, bonne nuit, madame Hirsch, dit Nick.

— Je ne suis pas madame Hirsch, dit la femme. Elle, c'est la propriétaire des lieux. Moi, je suis seulement celle qui s'en occupe pour elle. Je suis madame Bell.

— Alors, bonne nuit, madame Bell, dit Nick.

— Bonne nuit », fit la femme.

Nick suivit la rue obscure jusqu'au coin, sous la lampe à arc, puis les rails du tram jusque chez Henry's. George était derrière le comptoir.

« Tu as vu Ole ?

— Oui, dit Nick. Il est dans sa carrée et ne veut pas sortir. »

Le cuistot ouvrit la porte de la cuisine en entendant la voix de Nick.

« J'veux même pas écouter », fit-il, et il referma la porte.

« Tu lui as dit ? demanda George.

— Sûr. J'lui ai dit, mais y sait bien de quoi y retourne.

— Qu'est-ce qu'y va faire ?

— Rien.

— Ils auront sa peau.

— Ça m'en a tout l'air.

— Il a dû se compromettre dans une sale histoire à Chicago.

"I guess so," said Nick.

"It's a hell of a thing."

"It's an awful thing," Nick said.

They did not say anything. George reached down for a towel and wiped the counter.

"I wonder what he did?" Nick said.

"Double-crossed somebody. That's what they kill them for."

"I'm going to get out of this town," Nick said.

"Yes," said George. "That's a good thing to do."

"I can't stand to think about him waiting in the room and knowing he's going to get it. It's too damned awful."

"Well," said George, "you better not think about it."

— Ça m'en a tout l'air, dit Nick.

— C'est une foutue affaire.

— C'est un truc affreux », fit Nick.

Ils ne dirent plus rien. George se baissa, ramassa une serviette et essuya le comptoir avec.

« Je me demande ce qu'il a bien pu faire, reprit Nick.

— Il a doublé quelqu'un. C'est pour ça qu'ils tuent les gens.

— Moi, je quitte le coin, fit Nick.

— Oui, fit George, c'est la chose à faire.

— Je peux pas supporter l'idée qu'il est là, dans sa carrée, sachant qu'on va le tuer. C'est trop affreux.

— Alors, dit George, vaut mieux ne pas y penser. »

DU MÊME AUTEUR

Dans la collection Folio Bilingue

THE SNOWS OF KILIMANJARO and other short stories / LES NEIGES DU KILIMANDJARO ET AUTRES NOUVELLES. *Traduit de l'américain par Marcel Duhamel. Traduction révisée, préfacée et annotée par Marc Saporta* (n° 100)

THE OLD MAN AND THE SEA / LE VIEIL HOMME ET LA MER. *Traduit de l'américain par Jean Dutourd. Notes de Yann Yvinec* (n° 103)

FIFTY GRAND and other short stories / CINQUANTE MILLE DOLLARS ET AUTRES NOUVELLES. *Traduit de l'américain par Victor Llona et Ott de Weymer. Traduction révisée, préfacée et annotée par Yann Yvinec* (n° 108)

Dans la collection Folio

L'ADIEU AUX ARMES (n° 27)

AU-DELÀ DU FLEUVE ET SOUS LES ARBRES (n° 589)

LE CHAUD ET LE FROID (n° 2963)

CINQUANTE MILLE DOLLARS (n° 280)

EN AVOIR... OU PAS (n° 266)

EN LIGNE (n° 2709)

L'ÉTÉ DANGEREUX (n° 2387)

ÎLES À LA DÉRIVE (n° 974 et n° 975)

MORT DANS L'APRÈS-MIDI (n° 251)

LES NEIGES DU KILIMANDJARO *suivi de* DIX INDIENS (n° 151)

*Impression Bussière Camedan Imprimeries
à Saint-Amand (Cher),
le 10 septembre 2002.
Dépôt légal : septembre 2002.
Numéro d'imprimeur : 023777/1.*
ISBN 2-07-042043-8./Imprimé en France.